JN324342

書下ろし

目隠しの夜

草凪 優

祥伝社文庫

目次

第一章　ヤラハタ

1

部室の窓から見えるキャンパスがまぶしかった。

春の陽光、青空に舞い散る桜吹雪《ふぶき》、そして、初々《ういうい》しい新入生たち。誰もが受験勉強からの解放感に頬《ほお》を緩め、これから始まる大学生活への希望を胸に抱いて、キラキラと眼を輝かせている。

一年前、自分もあの初々しい新入生たちの群れの中にいたことが、手島龍平《てじまりゅうへい》はなんだか信じられなかった。もうずいぶん昔の話のような気がする。たったの一年、季節が一巡しただけなのに、すっかりこの景色、この生活に馴染《なじ》んでいた。

「それじゃあ、ミーティングを始めます」

ホワイトボードの前に座った三年の香川孝史《かがわたかし》が言い、四角形に並んだテーブルに着いている部員全員が注目した。

「とりあえず、新歓コンパとキャンプについて決めちゃおう。コンパは金曜日の五時からいつものドクダミ屋で。幹事は俺と……そうだな、吉田《よしだ》、一緒にやってくれるか？」

「うーす」

香川と同級の吉田正夫《まさお》が、怠《だる》そうに手を挙げた。

ここはイベントサークル「フリーダム」の部室だ。イベサーといえば、チャラい男と女が恋愛ゲームを楽しむ場所であり、セックスばかりの乱れた生活を送っていると思われがちだが、フリーダムはきわめて健全な男女の集まりで、和気藹々《わきあいあい》とコンパや旅行を楽しんでいる。

一年前、龍平がフリーダムに入部したときは、むしろ肉欲に取り憑《つ》かれた男女の魔窟であってくれることを、半分くらい期待していた。おシモのゆるい「させ子ちゃん」や、AV女優並みの淫乱女がうようよいるようなサークルなら、わりと安易にセックスのチャンスに巡り会えるかもしれないとドキドキしていたものだ。

もちろん、そんなフーゾク店のようなサークルが大学の中にあるわけがない。あったら大問題だが、花の東京の大学ならひょっとして実在するのではないかと妄想ばかりをふくらませていた龍平は、現実を知って自分の田舎《いなか》者さ加減がつくづく嫌になった。

ただ、フリーダムに入ったことは後悔していない。

させ子や淫乱女には出会えなかったが、守川奈美《もりかわなみ》に会えたからである。

隣に座った奈美を横眼で見れば、それだけで胸がときめく。

明るい栗色の髪に、優美な卵型の顔。眼鼻立ちはきわめて端整で、くっきりした二重の大きな眼と、少し秀《ひい》でたおでこが可愛らしい。胸のふくらみは控えめだが、手脚が長く背筋の伸びたスタイルはバレリーナのようである。

奈美を初めて見たとき、東京の女はなんて綺麗なのだろうと思った。顔立ちの美しい女は田舎にもいたが、奈美のように洗練や気品を感じさせる女はいなかった。表情や立ち居振る舞いまでが、十九歳にしていちいちエレガントなのである。

龍平は当然のようにひと目惚れしたが、告白することはできなかった。奈美がモテにモテまくっていたので、彼女の前に行列をつくっている男たちの中に割って入り、彼氏の座を射止める自信がなかったからである。

どこのサークルでも、一年の女子はすこぶるモテる。

男の視点から見れば、入学したばかりでなにも知らない新入生は扱いやすいし、女の視点から見れば、先輩が憧れの対象になるから、カップルとして成立しやすい。

奈美がどの先輩に告白されただの、口説かれただのという噂話は、枚挙に暇《いとま》がないほど耳に入ってきた。

龍平はハラハラしっぱなしだったが、幸いなことに、奈美はどの先輩にもなびかなかったようだ。

それどころか、春休みに入る直前、奇跡が起こった。

学年末を記念してサークルの同期で行った飲み会の帰り道、龍平と奈美はふたりきりになった。お互いにかなり酔っていたので、酔い覚ましのために少し風にあたって帰ろうということになり、渋谷《しぶや》から恵比寿《えびす》まで山手線《やまのてせん》沿いの道を歩いた。

「ねえねえ。手島くんってさ、彼女いるの?」

奈美が訊ねてきて、

「いやあ……」

龍平は苦笑まじりに首を振った。苦笑の理由はふたつあった。本当に彼女がいなくて情けなかったことがひとつと、ふたりきりになった途端、奈美の眼つきと口調が妙に甘ったるくなったからだ。

「俺はほら、モテないから……」

「そんなことないでしょ? けっこうモテるほうだと思うよ」

「嘘つけ、からかうなよ」

「モテてるってば。わたしにモテてる」

奈美が立ちどまり、龍平も立ちどまった。視線と視線がぶつかりあった瞬間、夜闇をライトが切り裂き、山手線がキーンとすさまじい音をたてて走ってきた。線路のすぐ脇の道だったので、通過するまで轟音《ごうおん》がふたりから言葉を奪った。黙って見つめあっているほんの十秒ほどが、龍平には一時間にも感じられた。

「どういう意味だよ？」

「言葉通りの意味よ」

奈美はにわかにツンと澄ました顔になると、再び歩きだした。龍平も歩きだす。肩が並ぶと、奈美は澄ました横顔を向けたまま、手を握ってきた。女らしく細い手指を、龍平は握り返した。手を繋《つな》いで歩きながら、現実感がどんどん失われていった。自分の人生に、こういった類《たぐい》の幸運が訪れるとは夢にも思っていなかったからである。

「おいっ！　手島、聞いてるのか？」

香川に尖《とが》った怒声を浴びせられ、

「えっ？　あ、はい……」

ぼんやりしていた龍平は、ハッと我に返った。よほど間の抜けた返事をしたらしい。部室中にくすくすと失笑がもれた。奈美もこちらを見て呆《あき》れた顔をしている。

「新歓キャンプの幹事、おまえと守川にやってもらおうと思うんだけど、いいかね？」

「ええ……はい……幹事ですか……」

龍平は苦笑まじりに頭でもかくしかなかった。

「いいんですか、僕なんかで……」

「あんまりよかないが、最初におまえが眼についちゃったんだよ。心ここにあらずな顔してるから」

香川がやれやれと溜息をつくと、部室内に再び失笑がもれた。

大学三年生になると就職活動を開始しなければならないから、サークルの中心は二年生へと移る。フリーダムのようなお遊びサークルはなおさらそうで、イベントの幹事はたいてい二年生のもちまわり制だ。わかっていたことだが、進級した途端、いきなり幹事に指名されるとは思っていなかった。

適任者なら他にいたし、龍平は裏方の仕事が大の苦手だったからだ。細々したスケジュールを決めたり、仲良くない人間にもマメに連絡を入れたり、考えただけで憂鬱《ゆううつ》になってくる。

「嫌ならいいけどね」

香川が溜息まじりに言った。

「今回はやりたくないなら、それでもいい。ただし、二年のうちには絶対一回は幹事をやることになるぞ。いつも参加するだけの気楽な立場っていうのはナシだ。それくらいは自覚してくれよな」

「いやいや、ちょっと待ってください」

龍平はあわてて言った。

「誰もやらないなんて言ってないじゃないですか。やりますよ、もちろん。ご指名ありがとうございます」

幹事などこれっぽっちもやりたくなかったが、奈美が一緒なら話が別だ。

「よろしく」

龍平が笑顔で声をかけると、奈美は片頬をあげた笑みを返してきた。少し皮肉っぽいその笑顔は、いつもツンと澄ましている奈美の得意のキメ顔だった。

2

ミーティングが終わると、同期のメンバーと校門の前のカフェに移動した。

総勢十人。二年生がほぼ全員で、こんなことはきわめて珍しい。誰もが二年生初の幹事となった龍平と奈美に、励ましの言葉をかけるためにカフェまでやってきたようだった。もっとはっきり言えば、自分の希望を押しつけるためである。男子の中には、サークル一の美女と幹事を務めることに対するやっかみもあり、言いたい放題言ってやろうという空気が漂《ただよ》っていた。

「まず場所だけど……」

高沢由起夫《たかざわゆきお》が口火を切った。次期部長の呼び声も高いリーダー格だ。

「俺はやっぱり山より海だと思うね。去年は軽井沢《かるいざわ》だったじゃん。悪くはなかったけど、ゴールデンウィークだしなあ。初夏を楽しむにはやっぱ山より海だよ。伊豆《いず》とかいいと思うぜ。バス借りきって西伊豆な。食うものも旨《うま》いしさ」

「俺も海に一票」

松林賢一《まつばやしけんいち》が真面目な顔で言った。

「伊豆でも千葉でも沖縄でもいいけど、それよりも問題なのは、宿だよ、宿。去年はホテルだったじゃん。ツインルームの。あれはよくない」

一同がうなずく。

「部屋に閉じこもったら交流できないし、それだとなんのための新歓キャンプかわからないもんな。民宿の大部屋でワイワイ騒いで、そのまま雑魚寝《ざこね》がいいんじゃないか。団体旅行の醍醐味《だいごみ》ってそれに尽きるよ」

なんにもわかってねえな、と龍平は胸底で吐き捨てた。軽井沢のホテルは超オシャレで、バーやビリヤード場やカラオケボックスなどの施設も充実し、さすが東京の大学生は垢抜《あかぬ》けたところに泊まるものだと感心させられたものだ。新入生の女子はロマンチックなシチュエーションに酔い、そういうシチュエーションを用意した先輩に憧れを抱いて、恋の萌芽《ほうが》がいくつも生まれた。

「まーねー、ホテルだといろんなトラブルも起こるしねー」

お調子者の花井靖史《はないやすし》がヘラヘラ笑いながら言った。

「第二の山本《やまもと》事件を起こさないためにも、俺も民宿の大部屋に一票だな」

誰も次の言葉を引き受けなかったが、考えていることはみな同じだった。その場にいた全員が、気まずそうに視線を泳がせた。

山本事件を起こした山本真吾《しんご》は龍平たちの同期で、去年の新歓キャンプまでフリーダムに在籍していた男である。

どちらかと言えば影が薄く、目立たない存在だったのだが、ツインルームをひとりで使うように割り当てられたのをいいことに、同期の永野由美《ながのゆみ》を引っぱりこんだ。そしてやった。信じられないことに、セックスまでしてしまったのである。

永野由美のあえぎ声が異常に大きかったことから前の廊下が一時騒然となり、ベランダから身を乗りだして部屋をのぞく者まで続出した。

下心をありで宿泊先をホテルにした先輩たちも、さすがにそこまでは想定していなかったらしく、新入生同士の破廉恥《はれんち》な暴走行為に鼻白んでいた。山本真吾と永野由美はその後すぐにサークルを辞め、いまでもラブラブな関係のようだが、フリーダムの中では忌《い》まわしいトラブルの記憶としてメンバーの心に暗い影を落としている。

「山本のやつ、童貞だったんだろ」

龍平は鼻で笑いながら吐き捨てた。

「いい歳して経験がなかったから、隙《すき》だらけの永野を前に我を失っちゃったんだよ。そういう例外のことは、もう忘れたほうがいいと思うぜ。第二の山本事件を起こさないために民宿にするなんて、意味がわかんねえよ」

龍平は民宿の大部屋など断固反対だった。貧乏くさいし、汗くさい。なにより、女の子とふたりきりになれる空間が少なすぎる。ロマンチックなシチュエーションから、かけ離れている。

月明かりがムーディなホテルの一室で、奈美とふたりきりになりたかった。

旅行の最終日ともなれば、ふたりは幹事の仕事をやり終えた高揚感を共有しているに違いない。最高潮に盛りあがった気分で、龍平と奈美は手を繋ぐ。セックスまでしてしまうのはどうかと思うが、軽いハグや、キスくらいは許されるはずだ。みんなの眼を盗んでこっそり交わした甘いキスは、ふたりにとって最高の思い出になるだろう。

「なにが大部屋でワイワイだよ。トランプで大貧民でもするのか？　中学生じゃないんだから……」

龍平は民宿よりホテルがいいという論陣を張ろうとしたが、先ほどのひと言がメンバーの心の暗い影を疼《うず》かせてしまったらしく、話題は宿の選定から逸《そ》れていった。

「山本、童貞だったんだ」

高沢が苦笑まじりにつぶやくと、

「さもありなん、ってやつだな」

松林が腕組みをして唸《うな》った。

「大学入っても経験したことないなんて、正直哀れだよな。残念にも程があるから、ご乱心も勘弁してやるか」

お調子者の花井まで同情の眼つきで言ったので、龍平の胸は痛んだ。自分で話題を振っておきながら、そこまで言うことはないではないかと歯軋《はぎし》りしてしまう。

実のところ、龍平もまた童貞だったからである。

それも、来月に迫った誕生日を迎えてしまえば、やらずの二十歳《ハタチ》、いわゆる「ヤラハタ」になってしまうのだ。

龍平はその現実と向きあうたびに、背筋が寒くなった。

花井に言わせれば、大学入学までに経験がなかっただけで、からかうどころか哀れむ対象なのである。龍平がいまだ童貞で、ヤラハタ目前と知ったりすれば、気味悪がって口さえきいてくれなくなるかもしれない。

だから、経験がないことはおくびにも見せてはならないと、虚勢《きょせい》を張っていた。男同士の飲み会などでは、中二のとき女教師を相手に童貞を捨てたという妄想話を切々と語り、まわりをどよめかせている。さすがに中二は早すぎたかと思ったが、後から変えたりしたら真っ赤な嘘がバレてしまうので、嘘をつきつづけるしかなかった。

ここにいるメンバーはみんなその妄想話を知っている。龍平が誰よりも早く童貞を捨てたと思っているが、実際には、いまだ生身の女性器にすら触れたことがない。

男子メンバーが童貞話で盛りあがっている間、四人いる女子メンバーは気まずげに顔を伏せていた。唯一の例外が奈美で、得意の片頬笑いを浮かべながら、砂糖もミルクも入れないコーヒーを涼しい顔で飲んでいた。

「なあ、守川はどう思う？　いい歳して童貞の男のこと」

龍平が奈美に訊ねると、

「手島くん、それセクハラ！」

女子のひとりが声をあげたが、奈美は顔色も変えなかった。意味ありげな眼つきで龍平をチラリと見ると、

「さあ」

と首をかしげ、喉の奥でククッと笑った。

龍平は体中から血の気が引いていく思いがした。

奈美の心の声が聞こえたからだ。

『童貞なんてキモいに決まってるけど、手島くんもそうなんじゃないの？』

奈美の眼つきはそう言っているようで、龍平の真っ赤な嘘など見抜いている気がしてしようがなかった。

もちろん、嘘を見抜けるということは、セックスの経験があるということだろう。彼女は男女の秘め事を知っているということなのだ。

そう思うと、複雑な心境にならざるを得ない。

かつて彼女と肌を重ねた男たちの影に、苛立《いらだ》ってしまう。

過去に苛立っても意味はないし、男としての器が小さすぎるとわかっていても、ジェラシーが燃え狂って胸を熱く焦《こ》がしていく。

相手はひとりだろうか？　いったい何人の男と、どれだけ熱く愛しあったのか？　そもそも、どんなタイプの男と付き合っていたのだろう？　奈美は大人っぽいから、年上の妻子もちと不倫の恋なども経験しているのではないだろうか？

想像するだけで息苦しくなり、はらわたが煮えくりかえっていくのを、龍平はどうすることもできなかった。

3

自宅アパートに帰ると、龍平は部屋の中をぐるぐると歩きまわった。

まるで檻《おり》に囚《とら》われた野獣のようだ。

なんとかしなければならない、と胸底で何度も繰り返していた。なんとかしなければならない、なんとかしなければならない、なんとかしてセックスを経験しなければ、奈美を抱くことができない。もはやその想念は強迫観念にも似て、龍平から冷静さや落ち着きを根こそぎに奪いとっていった。

そもそもなぜ自分がいまだ情けない童貞なのか、考えてみる。

容姿が極端に悪いわけではないし、女に興味がなかったわけでもない。どちらかといえば、女友達の数だって多い。ただ、グループでいれば普通に話せるのに、好きな女とふたりきりになると、どうしてもうまくいかないのだ。会話がしどろもどろになり、挙動不審になってしまうのである。

年度末の飲み会のあと、渋谷から恵比寿に向かって歩いているときもそうだった。奈美のほうから手を握ってきた。

龍平も握り返したが、それ以上のことはなにもできなかった。ふたりきりになれるところに行こうと誘えば了解してくれたかもしれないのに、片思い中の彼女から告白されたことにただただ舞いあがっているばかりだった。手を繋いでいることで口もきけないほど緊張し、気の利いた台詞《セリフ》のひとつも吐けないまま、恵比寿の駅に着いてしまったのである。

激しい後悔の念にとらわれた龍平は、後日、奈美をデートに誘いだした。

映画を観て、ファミリーレストランに行った。

痛快なアクション映画だったのでそれについては話がはずんだが、映画の話題が尽きると途端に空気が重くなった。「俺も好きだ」とか「付き合ってくれ」などと言うつもりで誘ったはずなのに、どうしても口から言葉が出てくれない。

奈美も黙っていた。自分の気持ちは伝えたのに、龍平がそれについてなにも言わないので、黙ってコーヒーでも飲んでいるしかなかったのだろう。

言葉にできないなら、態度で示せばよかったのかもしれない。

ファミリーレストランから駅に向かう途中に、大きな公園があった。そこに誘って唇でも重ねてしまえば、好きだという気持ちはしっかり伝わってくれただろう。

しかし、龍平は真っ直《ます》ぐ駅に向かった。

キスをするタイミングがわからなかったからだ。

暗闇でふたりきりになったところで、どうやって肩を抱き寄せ、唇を重ねればいいか、さっぱり見当がつかなかった。公園に入っても、足が疲れるまで無言で歩きまわっている自分が容易に想像がついた。

その後、龍平は田舎に帰省しなければならなかったので、新学期が始まるまで、デートはおろか、顔を合わせることもなかった。他愛のないメールのやりとりくらいはしていたものの、奈美からの返信は終止淡々としており、このままでは自然消滅してしまう、という恐怖を覚えずにはいられなかった。会った瞬間にひと目惚れし、一年間も片思いを続けた相手に向こうから告白されておいて、自然消滅……はっきり言ってあり得ない。

「とにかく経験してみることだ」

雑誌の恋愛相談で、人気作家がそんなことを言っていた。恋やセックスは経験値がものを言うので、まずはそれを高めることが重要らしい。そんなことはわかっているが、キスをするタイミングもわからない状態から、どうやって経験値を高めればいいのだろうか。

童貞を捨てたくても、ソープランドに行く金がない。

仕送りは生活費でカツカツだし、アルバイトで稼いだ金はフリーダムの活動資金でほとんど使い果たしてしまう。

いや、たとえ金があったとしても、ソープで童貞を捨てるのは嫌だった。スタート地点からそんな裏口入学のような真似をしたら、以降の恋愛遍歴もロクなことにならないような気がしたからだ。

しかし、なんとかしなければならなかった。

脳裏に奈美の皮肉っぽい片頰笑いがよぎっていき、ひとり身悶《みもだ》えてしまう。

あれは絶対、龍平の童貞を見透かしている表情だった。

少なくとも疑惑は抱かれている。

夜道で手を繫いでも獣にならず、デートコースにラブホテルを入れておかない男に、内心で首をかしげていることは間違いない。

しかし、神は龍平を見放していなかった。

このタイミングで、彼女と新歓キャンプの幹事に指名されたことは、幸運以外のなにものでもないだろう。その幸運を手繰《たぐ》り寄せ、旅先でふたりきり、いいムードになるチャンスを得て、きっちりとこちらの気持ちを伝えなければならない。

そのためにも、まずは童貞を捨てることだった。童貞の負い目が手足をがんじがらめにし、キスすらできない状況に陥《おちい》らせていることは間違いなかった。

思いあまった龍平は、インターネットの出会い系サイトにアクセスした。

できればこの手は使いたくなかったが、他に手立てが思いつかなかった。

毎日のように巡回しているAVの無料動画サイトには、かならずと言っていいほどその手のバナー広告が派手派手しく躍《おど》っている。無料でサンプル動画を見るためには、指定の出会い系サイトに会員登録しなければならないというルールを用いているところも多い。

龍平はいつも、そういうサイトはスルーしていた。

怪しすぎるからだ。

会員になって個人情報を入力したら最後、悪徳商法のターゲットにされたり、サクラを使った詐欺《さぎ》に騙《だま》されたりして、身ぐるみ剝《は》がれて借金まみれにされるイメージがあった。

そこまでいかなくても、後腐《あとくさ》れのないセックスを楽しめるそれなりの美女に、簡単に出会えるわけがない。会えたとしても極端なブスか年増がせいぜいで、清らかな童貞を捨てる相手には相応《ふさわ》しくないだろうと思われた。

だが、もはや贅沢《ぜいたく》を言っている場合ではない。

いささか容姿が残念な感じでも、いささか年がいきすぎていても、とにかく経験を積まなくては先に進めないのである。経験さえ積んでしまえば、ひと目惚れした十九歳の女子大生と、晴れてベッドインできるのだから我慢するしかない。

吟味に吟味を重ね、三つの出会い系サイトに登録した。自己紹介はいい加減にデッチあげた。どうせ誰も本当のことなど書いていないだろうと、年齢以外はすべて嘘にした。金をもっていると思われるとロクなことにならない気がして、好きな食べ物は立ち食い蕎麦《そば》にするほど警戒していた。

メールはすぐに届いた。

【性欲が強くて困り果てている二十代の女社長です。抱いてくれたら百万円進呈します】

などという、あり得なさすぎて犯罪の香りしかしないものから、

【立ち食い蕎麦が好きなんですか？　わたしも大好きなので、優良店の情報を交換しましょう】

という他愛のないものまで、一時間に十通のペースで送られてきた。あからさまに悪徳業者からとわかるものをはじいていくと、まともなメールは少なかったが、それでも予想

以上の収穫だった。

龍平は必死になってレスを書いた。

会えなければ目的が達せられないので、首都圏在住で、できれば二十代で、後腐れがなくベッドインしてくれそうな相手を探した。

学校を休み、バイトもサボり、夜も寝ないでパソコンの前にへばりついていた結果、三日後には逢瀬《おうせ》の約束をとりつけることができた。

杉崎知保《すぎさきちほ》という名の三十二歳である。

若いが人妻だった。

【結婚したときは、時間に余裕がある専業主婦に憧れてたんだけどな。でも、実際になってみると、暇で暇で……旦那は仕事で忙しいからかまってくれないし、かといってたまに早く帰ってくることもあるから、夜遊びもできなくて、もうストレス溜まりまくりなわけ。昼間でいいなら、いつでもお誘い待ってるよ】

送ってもらった写真を見ると、ショートカットで猫のような眼をした女が写っていた。瞼《まぶた》を少し落としたアンニュイな表情がひどくそそった。

年齢はサバを読んでいる可能性が高く、写真もいちばん写りのいいものを送ってきたに決まっているけれど、それにしても想像以上にレベルが高い。

人妻というのもポイントが高かった。結婚しているなら後腐れもないだろうし、ベッドでのあれこれもよく知っているはずだから、童貞を捨てるにはうってつけの相手である。

【よかったらカラオケでもしませんか？】

早速誘いのメールを出すと、

【いいわねえ！　カラオケ大好き】

と乗りのいいレスが返ってきて、龍平は小躍りしたくなった。

会うのは昼間限定とはいえ、カラオケボックスなら昼から酒が呑めるし、密室にふたりきりだ。欲求不満らしき人妻が、その気になってくれるチャンスは少なくないだろう。

4

杉崎知保は待ちあわせのカフェに時間ぴったりに現れた。

三十分以上前から店で待機していた龍平は、出入り口を睨《にら》むようにして監視していたのだが、写真とずいぶんイメージが違ったので、最初彼女のことがわからなかった。

一方、知保のほうはすぐに龍平を認めたらしく、まっすぐテーブルに近づいてきた。

「こんにちは」

立ったまま、腰も折らずに言った。

「わたし、杉崎知保」

「あっ、手島です」

龍平はあわてて答え、頭をさげた。つくり笑いを向けつつ、内心の動揺を必死になって隠さなければならなかった。

知保が驚くほど可愛かったからである。

写真ではわからなかったけれど、身長が百五十センチほどと思われる小柄な体軀《たいく》のせいもあるだろう。小さな体に白いふわふわしたセーターと、赤いチェックのミニスカートを着け、童顔にショートカットなのだ。どう見ても三つ年上の人妻とは思えず、可愛いという言葉が素直に思い浮かんだ。

出会い系サイトも馬鹿にしたものではないらしい、と思った。もしかすると美人局《つつもたせ》の類ではないか、と邪推《じゃすい》したくなってしまったほどである。

しかし、知保の表情にはどこか険《けん》があった。ニコリともせずに突っ立ったまま、値踏みをするような視線をこちらに向けている。

「とりあえず座ってください。注文、なににします？」

龍平がメニューをひろげても席に着こうとせず、

「いいわよ、行きましょう」

やはりニコリともせずに言った。

「コーヒー代がもったいないじゃない。おしゃべりしてる時間もね」

くるりと背中を向けて出口に向かったので、龍平は困惑しつつ伝票をつかんで立ちあがらなければならなかった。

外に出ると、知保はついてきなさいとばかりに歩きだした。

無言だった。メールではそこそこ会話がはずんでいたのに、唇を真一文字に引き結んで足早に歩く。可愛い容姿に似合わず、強引で鼻っ柱の強い性格らしい。あるいは虫の居所でも悪いのかと思ったが、そうではなかった。彼女が足早に向かった先が、路地裏にあるラブホテルだったからである。

（おいおい、いきなりかよ……）

龍平もカフェに入る前に近隣のラブホテルを隈無《くまな》くチェック済みだったが、まだ太陽が高い位置にある午後二時だった。人目も憚《はばか》らず、堂々と門をくぐっていく彼女の大胆さに唖然《あぜん》とさせられてしまう。

「あのう……カラオケは……」

龍平は口の中でもごもご言ってみたものの、きっぱりと無視された。話が早いのはありがたいが、あまりに早すぎて心の準備が追いつかない。

童貞の十九歳は、もちろんラブホテルに入るのが初めてだった。曇《くも》りガラスの自動ドアの向こうには部屋の写真が並んだパネルがあり、知保はその前で立ちどまった。写真が明るくなっている部屋が空室ということらしいが、空いているのはひとつだけだった。ご休憩二時間・五千六百円。思っていたより高かったので、眼を泳がせて逡巡する。

「いいんじゃない？」

知保が気怠《けだる》げな口調で言ったので、

「そうですね……」

龍平はこわばった顔でうなずくしかなかった。写真の下にあるボタンを押すと、手元だけが開いている受付から鍵が差しだされた。料金は後払いのようだった。

エレベーターで三階にあがり、部屋に向かう。

龍平の心臓はいまにも口から飛びだしそうなほど高鳴っていた。

近くで見ると知保の童顔は驚くほど小さく、色が白くて肌が綺麗だった。写真で見たときはアンニュイな眼つきに惹《ひ》かれたが、それに加えて赤くて肉感的な唇が華やかだった。唇美人というものは、ズルい。どうしてこんなにセクシーなのだろう。

部屋でふたりきりになると、緊張のあまり呼吸もロクにできなくなった。

想像していたようなギラギラした内装ではなく、シンプルで落ち着いた雰囲気だったが、大きなダブルベッドが我がもの顔で空間を支配していた。鏡張りの壁や大人のオモチャの自動販売機がなくても、やはりここは、欲情した男女が淫《みだ》らな汗をかくためだけの場所のようだ。

知保を見た。

さすがに緊張しているようで、所在なさげに立ちすくみながら、眼の下をほんのり赤く染めている。そっぽを向いた横顔がひどく恥ずかしそうで、龍平はますます息が苦しくなった。

とはいえ、童貞であることを悟られてはいけない。相手が年上の人妻であれば、すべてを正直に話し、やさしく筆下ろしをしてもらうという手もありかもしれないが、知保はそういうタイプには見えなかった。

気まずい沈黙が漂う中、知保はふわふわしたセーターの裾《すそ》を両手でつかんだ。そのまま脱いでワインレッドのブラジャーを露《あら》わにした。間髪入れず、赤いチェックのスカートのホックをはずし、ファスナーをさげて、脚から抜いてしまう。

龍平はあんぐりと口を開くばかりだった。

真っ昼間のラブホテルの門を堂々とくぐったのと同じテンションで、知保は下着姿をさらした。

ワインレッドのブラジャーが小高い胸のふくらみを包み、同色のハイレグショーツが股間にぴっちりと食いこんでいる。小柄なのに、スタイルは女らしく凹凸《おうとつ》に富んでいた。ナチュラルカラーのストッキングに包まれた下半身が驚くほど生々しくて、龍平は見てはいけないものを見てしまった気がした。

だが、見ずにはいられない。

色香が匂いたつというのはこういうことを言うのだな、と妙なことに納得しながら、舐《な》めるように視線を這わせた。股間を縦に割るセンターシームがいやらしすぎて、気がつくと痛いくらいに勃起していた。

知保は腰を折ってストッキングまで脱ぎはじめ、くるくると丸めて爪先から抜くと、呆《ぼう》然《ぜん》と立ちすくんでいる龍平を見てふっと笑った。苦笑というより、失笑だった。

「どうしたの？」

剝《む》きだしの素肌から甘い香りを振りまいて、身を寄せてくる。

「まさか脱がしてほしいなんて言わないわよね？」

「ええ……はい……」

龍平は苦笑するしかなかった。こわばった顔に脂汗を浮かべて、シャツのボタンをはずしはじめた。怖いくらいに指が震《ふる》えている。気づかれないように素早くシャツを脱ぎ、ジーパンを脚から抜いた。急に顔が熱くなった。ブリーフの前が恥ずかしいほどもっこりと盛りあがっていたからだ。

「けっこう立派そうじゃない？」

知保が龍平の肩に手を置き、股間と顔を交互に眺める。口許にこぼした笑みが、身震いを誘うほど卑《ひ》猥《わい》である。

「早く見せてよ、勃起したオチンチン」

「なっ……」

龍平は絶句した。なんと露骨なことを口にするのだろう。それが彼女の個性なのか、あるいは人妻というのはそういう生き物なのか、あまりにあけすけすぎてついていけない。

だいたい、会って十分も経っていないのに密室で下着姿をさらしあっているこの状況からして普通ではないだろう。服を脱ぐ前に、会話とかキスとか、他にいろいろすることがあるのではないだろうか。いくら出会い系サイトがセックスフレンドを探す場所であり、会えば抱きあうのが暗黙の了解とはいえ、異常なほどの性急さである。

「どうしたのよ？」

金縛りに遭ったように動けない龍平を、知保が細めた眼で見つめてくる。にわかに瞳が潤《うる》みだし、可愛い顔立ちに淫蕩《いんとう》な匂いが漂いだした。

「十九歳なら、お臍《へそ》にくっつくくらい反《そ》り返るんじゃないの」

「いや、その……」

龍平が戸惑《とまど》いを隠しきれなくなると、

「そっかぁ。ベッドに行く前に、まず舐めてほしいのね？」

知保は下着姿の体をぴったりと密着させ、手指を龍平の股間に伸ばしてきた。触るか触らないかのソフトタッチで、もっこり盛りあがったブリーフの前を撫《な》であげられ、龍平はビクンと腰を跳《は》ねさせた。

「ふふっ、敏感なんだ」

知保は嬉しそうに笑って、湿っぽい吐息を耳に吹きかけてきた。手指の動きは淫らになっていくばかりで、龍平の顔はみるみる真っ赤に染まっていった。窮屈な布地に閉じこめられた男の器官が、撫であげられるほどに硬くなっていき、満足に呼吸をすることさえできなかった。

5

頭の中は真っ白だった。

脳味噌がぐらぐらと沸騰しているようでなにも考えられず、自分の意志で体を動かすことができない。

生まれて初めて、女にペニスを触られていた。ブリーフ越しとはいえ、すさまじく衝撃的な体験で、指が動くたびに痺《しび》れるような快美感が体の芯《しん》を走り抜けていく。

知保の触り方がいやらしすぎるのだ。

可愛い顔をしているくせに、手指に悪魔が乗り移ったかのように淫らだった。決して激しく刺激されたわけではない。ひらひらと躍る指先で、時には色鮮やかなネイルを施《ほどこ》した爪まで使って、くすぐるように撫でてくる。触るか触らないかのもどかしい刺激が、ペニスをどこまでも硬くみなぎらせていく。

龍平が息もできないまま動けずにいると、

「苦しそうね」

知保は焦《じ》れたように足元にしゃがみこんだ。上目遣いでチラリと視線を送られ、龍平の心臓は止まりそうになった。現実感が失われた、と言ってもいい。

舐めてくれるつもりなのだろうか。まだシャワーも浴びていないのに、その肉感的な赤い唇で勃起したものを咥《くわ》えてくれるのか。

「あっ……」

ブリーフを引きさげられると、思わず声をもらしてしまった。はちきれんばかりに野太くみなぎったペニスが、窮屈な布地から解放されたからではない。羞恥《しゅうち》と興奮と、そして、してはいけないことをしているような気分が複雑に混じりあい、真っ赤に染まった顔をくしゃくしゃに歪《ゆが》めきった。

しかし、知保は龍平の顔など見ていなかった。

「まあ……」

とつぶやきながら、天井を向いていきり勃ったペニスをまじまじと眺めていた。

「やっぱり立派なオチンチンね。太いし長いし硬そうだし……ふふっ。でも、色が白ピンクで可愛い」

ねっとりと濡《ぬ》れた瞳で見つめられると、ペニスに視線が這いまわるのを感じ、龍平は身をよじってしまいそうになった。視線をこれほど生々しく感じたのは、おそらく生まれて初めてだった。

それも当然かもしれない。なにしろ、生まれて初めて女にペニスを見られているのだ。興奮しきっていきり勃ち、先端から涎《よだれ》じみた我慢汁を漏らしているところまで間近から凝視されているのだから、身をよじりたくなって当然である。

「もうこんなに濡らしてるんだ？」

知保の指先がペニスの先端にちょんと触れる。指が離れると我慢汁がツツーッと糸を引き、龍平は叫び声をあげたくなった。天に向かって反り返っている肉竿が、ズキズキと熱い脈動を刻みはじめた。

しかも知保は、我慢汁のついた指を口に咥え、舌なめずりをしながら龍平を見上げてきた。いったいどこまでいやらしいのだと、龍平は啞然とするしかなかった。そんな十九歳の童貞を、人妻はさらに追いこんできた。指先が生身のペニスに伸びてくる。

「むむうっ！」

反り返った肉竿の裏側を、すりっ、すりっ、と撫でられると、龍平は真っ赤になって首に筋を浮かべた。女らしい細指の感触が刺激的すぎて、両膝が小刻みに震えだす。すりっ、すりっ、とさらに撫でられると、眩暈《めまい》を覚えて眼を開けているのがつらくなった。

しかし、あまり大げさな反応は厳に慎まなければならない。声をあげたり、恥ずかしいほど身をよじったり、ぎゅっと眼をつぶったりすれば、童貞であることを見破られてしまうかもしれないからだ。

「どんどんあふれてくるよ」

我慢汁が鈴口からあふれて亀頭をテラテラと濡れ光らせはじめ、知保が瞳を輝かせる。指先で根元をしごかれると、熱い粘液が包皮に流れこんで、ニチャニチャと恥ずかしい音がたった。

「ああんっ、すごく硬い。たまらなくなってきちゃう」

一度根元を握りしめると、知保は容赦なくペニスをしごきたててきた。自分でしごくより、握る力はずっと弱く、ストロークもゆっくりだったが、女らしい細指の感触が何百倍もの興奮を運んでくる。

さらに知保は、しごきながら肉感的な赤い唇を割りひろげ、ピンク色の舌を差しだした。赤々と充血した亀頭を、ねろり、と舐めあげてきた。

「おおおおっ……」

龍平はたまらず声を出し、腰を反らせた。生温かくヌメヌメした舌の感触に、全身が熱く燃えあがっていく。

ついに舐められてしまったのだ。三つ年上の人妻は、まだシャワーも浴びていない男性器官に、躊躇《ためら》うことなく舌を這わせてきた。

「ぅんんっ……ぅんんんっ……」

可憐に鼻息を振りまきながら、ねろり、ねろり、と舐めてくる。我慢汁と唾液を混ぜあわせるようにして亀頭を隈無く舐めまわし、鈴口に唇を押しつけてチュッと吸ってくる。みるみるうちに、ペニスの全長が唾液で濡れ光り、淫靡《いんび》な光沢を放ちはじめる。

「むむっ……むむむっ……」

龍平は真っ赤な顔で唸《うな》った。あまりの快感に、気が遠くなってしまいそうだった。生まれて初めて味わうフェラチオだった。夢にまで見た口腔《こうくう》愛撫だったけれど、じっくり味わっていることはできなかった。まずいぞ、まずいぞ、まずいぞ、と胸底で反芻《はんすう》しつつ、息を呑んで血が出るくらい唇を嚙《か》みしめた。出そうだったからだ。

生まれて初めて味わったフェラチオは、想像を絶するほど鮮烈な快感を運んできた。いや、それが快感と認識できないほど衝撃的ななにかであり、生温かい舌とプリプリした唇の感触、そして自分のペニスを舐めまわしている人妻の顔つきが、パニックにも似た興奮状態を巻き起こした。

だが、出してはならなかった。

ちょっと舐められただけで暴発してしまうようなことがあれば、童貞であることがバレてしまうこと確実である。一度出してしまえば、回復まで少々時間がかかるから、彼女を白けさせてしまうに違いない。

耐えるのだ。ここさえ凌《しの》ぎきれば、ヤラハタから卒業できるのだ。足元にしゃがみこんでいる、燃えるようなワインレッドの下着を着けたセクシーボディで、セックスを経験することができるのである。

フェラチオですらここまで淫らな彼女ならば、ベッドにあがればさらなる桃源郷が待っているだろう。女性器と結合したときの快感は、おそらく口唇とは比べものにならないくらい衝撃的であるはずで、それを味わわずに帰ることができようか。

そのためにも我慢だった。石に齧《かじ》りついても、暴発だけは避けるのだ。

「ふふふっ」

知保が上目遣いで笑った。ねっとり潤んで三日月形に細められた眼が、ぞくぞくするほどいやらしい。

「ずいぶん可愛い顔で悶《もだ》えるのね。そういう顔されたら、もっと悶えさせてあげたくなっちゃう」

太腿《ふともも》までさげられていたブリーフを、脚から抜かれた。まだ靴下を穿《は》いたままだったが、それは脱がせてくれなかった。全裸に靴下だけという間の抜けた格好で、ベッドにうながされ、押し倒された。

「な、なにをっ……」

龍平が焦《あせ》った声をあげたのは、知保が両脚を開いてきたからだ。男が女に強要するはずのM字開脚に押さえこまれてしまったのだ。

信じられなかった。玉袋から尻の穴まで丸出しの、屈辱的な格好だった。龍平は顔から火が出る思いで身をよじり、知保をはね除《の》けようとした。

だが、できなかった。

知保の腕力が小柄なわりに強かったせいもあるが、生温かい舌先がアヌスを這いまわりはじめたからである。声もあげられずに悶絶《もんぜつ》していると、今度は両脚の間でそそり勃ったものを、ずっぽりと口唇に咥えこまれた。

「くぅ……くぅおおおっ……」

龍平は首に筋を浮かべてのけぞった。ただ舐められていただけでいても立ってもいられなくなった部分を、ヌメヌメした口内粘膜で包みこまれたのだ。全身の血液がにわかに沸騰し、熱い生汗が体中からどっと噴きだした。

「うんんっ……うんんんっ……」

知保は間髪入れずに唇をスライドさせはじめた。双頬をすぼめたいやらしすぎる表情で、みなぎるペニスを吸いたててきた。唇の裏側のとびきりなめらかな部分が、ペニスの根元からカリのくびれに向かってすべる。口の中では舌がいやらしく動いている。唇のスライドに連動して、ねろねろ、ねろねろ、と亀頭を舐めまわされると、龍平の眼尻は歓喜の熱い涙で濡れた。体はのけぞったまま硬直し、小刻みな痙攣《けいれん》を開始した。

「うおおおっ……おおおおおおーっ!」

雄叫《おたけ》びにも似た声をあげるのを制御できなくなり、次の瞬間、爆発が起こった。咥えこまれた口の中で、煮えたぎる男の精を噴射してしまった。

第二章　敗走、また敗走

1

「どうしたの、手島くん。幽霊みたいな顔して」

待ちあわせのカフェで、守川奈美は開口一番そう言った。普段はツンと澄ましたポーカーフェイスなのに、眉《まゆ》をひそめた心配そうな顔をしている。

「べつに……なんでもないよ……」

龍平はそっぽを向いて、奈美の前の席に腰をおろした。自分の顔色が蠟《ろう》のように真っ白なことくらい、自宅で何度も鏡を見たから知っている。注文をとりにきたウエイトレスに「ブレンド」と無愛想に告げ、唇を真一文字に引き結ぶ。

テーブルの上には、『じゃらん』だの『るるぶ』だのといった旅行雑誌が積まれていた。今日は幹事ミーティングだった。新歓キャンプの候補地を決めるために、奈美に呼びだされたのである。

もちろん、幹事の仕事以外にも、久しぶりにふたりきりで会うことができる貴重な時間であり、本当ならデートの約束のひとつも切りださなければならなかったが、龍平はとてもそんな精神状態ではなかった。

昨日の一件が、まだありありと心に傷を残し、立ち直れていない。

出会い系サイトで知りあった人妻と、ラブホテルに行った一件である。

容姿に限っていえば、知保は悪い女ではなく、むしろ可愛いほうだった。百歩譲《ゆず》って、会うなりラブホテルに直行した大胆さだって許してやってもいい。少しくらいは会話を交わし、お互いについて知ってからベッドインするのが普通だと思うが、龍平にしても後腐《あとくさ》れなく童貞を捨てたかっただけなので、向こうが欲求不満を解消したかっただけだとしても、文句は言えない。

しかし彼女は、顔に似合わずセックスに積極的すぎた。

シャワーも浴びずにペニスを咥《くわ》えこんできたかと思うと、AVでさえあまり見ないようなきわどいやり方で龍平を翻弄《ほんろう》した。生まれて初めて味わうフェラチオの前に、十九歳の童貞はあえなく撃沈してしまった。女のようなM字開脚に押さえこまれたまま射精に至り、白眼を剝《む》いてビクビクと全身をわななかせた。

「……なにしてくれんの?」

知保は粘りつく白濁液で汚された唇を歪《ゆが》め、眼を吊りあげた。

「これくらいで出しちゃうなんて……しかも、黙って口の中でイッちゃうなんて、ちょっとひどすぎない？」

知保は烈火のごとく怒りだした。セックスの経験がないことを事前に告げておかなかった龍平にも、少しは落ち度があるかもしれない。しかし、こんなに怒っている女を見たことがないというほどの勢いで、心が折れるような台詞《セリフ》を次々と浴びせてきた。

「キミってもしかして早漏なの？　だったら会う前にはっきりそう言っといてくれないかな。僕はちょっと舐《な》められただけでドピュッと出しちゃう情けない男ですって。断りもなく女の口を汚しちゃう礼儀知らずですって。そしたら絶対会わなかったから」

舌鋒《ぜっぽう》鋭く罵倒《ばとう》され、龍平は唖然とするばかりだった。いくらなんでも、そこまで言うのは言いすぎではないだろうか。暴発はあくまで事故なのだから、もう少し温かい眼で見てくれてもいいではないか。

しかし知保の怒りは治まらず、さんざんなじられ萎縮してしまった龍平は、結局童貞を捨てられないまま、すごすごとラブホテルを後にするしかなかった。後に残ったのは、五千六百円の散財と、見るも無惨に傷つけられた自尊心だけだった。

「ねえ、どうする？」

奈美が旅行雑誌をめくりながら言った。

「みんな海がいいって言うから海でいいと思うけど、近場にするか、思いきって遠くまで行っちゃうか、迷うところよね」

「ああ……」

龍平の返事は生返事の見本のようなものだった。

そっぽを向いたまま、視線だけを動かして奈美を見た。眼を伏せて雑誌を読んでいても、やはり綺麗だった。知保など足元にも及ばない美人であり、白いブラウスにグレイのプリーツスカートというシンプルな格好をしていても、山の手のお嬢様めいた優美さが、オーラのように漂《ただよ》っている。

しかし、彼女にしたって、もうとっくにセックスを知っているだろう。

龍平の童貞を見透かしたような顔をしていたことからも、まず間違いない。そもそも、いまどきの大学二年がヴァージンだったら恥ずかしいし、健康な心と体をもっていればセックスに興味をもつのは当然のことだ。興味があっても相手がいないようなタイプならともかく、彼女には処女を捨てるチャンスくらいいくらでもあったに決まっている。

ということは……。

この奈美も、ベッドの中では知保と同じようなことをしているということなのだ。勃起しきったペニスを口唇に咥えこみ、双頬をいやらしくへこませて舐めしゃぶった経験があるのである。

想像したくなかった。

けれども、想像せずにはいられない。フェラチオどころか、もっと大胆なことをしているに違いないのだ。知保はワインレッドの下着を着けたままだったが、普通にセックスするなら脱ぐだろう。剝《む》きだしになった乳房を揉まれてあんあん悶《もだ》え、ショーツを奪われた股間まで舐められるのだ。

そう、ちょうど龍平が知保にされたようなM字開脚に押さえこまれ、敏感な部分に舌を這わされる。女の感度は男よりずっと高いらしいから、髪を振り乱していやらしい悲鳴をあげる。その端整な美貌をくしゃくしゃにして、我を忘れてよがり泣く。

龍平は痛いくらいに勃起してしまった。

だが同時に、熱いものがこみあげてきて、あわててテーブルの水に手を伸ばした。一気に飲み干したが、それくらいではとても落ち着くことができなかった。本当に涙が出そうになり、うつむいて目頭を押さえた。

「……どうかしたの？」

奈美に顔をのぞきこまれ、

「いや……」

龍平は顔をそむけた。

「提案があるんだけどね」

奈美はかまわず言葉を継いだ。

「伊豆にするなら、ふたりでちょっと下見に行かない？　うちのクルマ使えるからドライブに行きましょうよ。わたし、こう見えてけっこう運転上手なんだから」

下見などというのは口実で、デートに誘われているのだろう、ということはさすがの龍平にも察することができた。しかしそれは、頭のどこか隅のほうで、ぼんやり思っていただけだった。

こみあげてくるものに耐えられなくなり、立ちあがった。勃起した股間を隠すため、不自然に体を横に向けているのが情けなかった。

「悪い。ちょっと頭痛くなってきたから帰らせてもらう。あとは全部、守川に任せるよ。候補地の選定も宿の選定も一任するから、よろしく頼む」

「ええっ？　ちょ、ちょっと待ってよ……」

奈美のあわてた声を背中で受けて、龍平は足早にカフェを出ていった。

最悪の展開だった。せっかく奈美と一緒に幹事に指名されるという幸運にあずかったのに、これでは距離を縮めるどころか嫌われてしまいかねない。

だが、これ以上は無理だった。

このままこの場に留まれば、どうしても奈美の過去の性生活を想像してしまう。想像するほどに耐え難《がた》いほどせつなくなり、涙が出そうになってしまう。

2

人はこのようにして引きこもりになっていくのだろうか。

知保との一件があって三日が過ぎても、龍平は落ちこみつづけて自宅アパートから出ることができなかった。コンビニに食糧を調達に行く以外には、授業もバイトもキャンセルし、奈美からの電話やメールもきっぱり無視して、ひとり部屋で悶々《もんもん》としつづけた。

これではいけない。そんなことはわかっている。しかし、なにかにつけて思い起こされるのは欲求不満の人妻、知保に受けた屈辱のことばかりだった。

セックスが、自尊心をこれほど傷つけるものであることに驚いてしまった。ベッドでのしくじりが、男としてのすべての自信を喪失させることを思い知らされた。

知保のような女は例外なのかもしれない、とも思う。

だが、どんな女にも知保のような一面があるはずだという想念は払拭できず、そうであるなら、誰と付き合っても同じような屈辱を味わわされるのではないかという不安を否定しきれない。

素性もよく知らない初対面の相手にさえこれほど傷つけられるということは、好きな相手に罵倒されたらいったいどうなってしまうのか、想像するだけで背筋が凍りつく。

このままでは女嫌いになってしまいそうだった。

いっそ女嫌いになってしまえれば、それはそれで楽な道なのだろう。

問題はあれほどの屈辱を受けてなお、体は女を欲してやまないことだった。

知保はいやな女だった。それは間違いない。

にもかかわらず、彼女の肉感的な赤い唇にペニスを咥えられた感触を忘れられないのだから、救われなかった。涙とともに恥辱《ちじょく》を嚙みしめ、屈辱に身をよじるのと同じ回数かそれ以上、生まれて初めて味わったフェラチオの感触を反芻《はんすう》している。反芻しては、ペニスが赤剝けになるほど自慰に耽《ふけ》っている。

最低だった。

これほど深い自己嫌悪に陥《おちい》った経験はかつてなかった。

とにかく、童貞を捨てなければならなかった。セックスを経験することだけが、この悪夢のような自己嫌悪から抜けだせる唯一の道であることは間違いないのだ。

そう思って、自慰と自慰の間は、パソコンの前にへばりついていた。登録した出会い系サイトからは、いまだ誘いのメールが山のように送られてきている。返事を書けば、女と容易に待ちあわせができることはもうわかっていた。詐欺《さぎ》師や山師やペテン師ではなく、人妻が欲求不満を晴らすためにやってくる。

しかし、再び肉欲だけに取り憑かれた、やさしさの欠片《かけら》もない女がやってきたら、目も当てられない。密室で女とふたりきりになったとき、女をリードするスキルが自分にはない。となると、焦《じ》れた女が身を乗りだしてペニスを舐めしゃぶりはじめるかもしれず、そうなれば暴発は必至であり、要するに知保のときの二の舞を踏む。童貞を捨てて大人の男になるどころか、プライドをズタズタにされてしまう。

まったく、まるで出口のない迷路にでも迷いこんでしまった気分である。

「……んっ？」

ひとり身悶《みもだ》えながら出会い系サイトを巡回していると、ある画面に眼がとまった。

ＳＭ系のサイトだった。

【性奴隷《どれい》になりたいＭ女との出会い方】

【女王様にお近づきになりたいあなたへ】

【アブノーマル・パートナーを調教する方法】

そんな言葉が派手な文字色でずらずらと躍っており、龍平は苦笑をもらしてしまった。

性奴隷やＭ女や女王様や調教という言葉が、あまりにも日常生活からかけ離れていたからである。さすが変態性欲者と言うしかない。童貞の十九歳でも、この世に縄で縛ったり鞭《むち》で叩いたり蠟燭《ろうそく》を垂らして性的快感を得る人たちがいることくらい知っているが、こうもあからさまにパートナーを募集しているとは思わなかった。

いつもなら、鼻をつまんで別のサイトに飛んだだろう。

龍平にはSMへの興味など一ミリたりともなかったからである。

しかし、どんな魔が差したのかわからないが、気がつけば「みなさまの体験談」と銘打たれたコーナーを読みあさっていた。読みだしたらとまらなくなった。

たとえばこんな話だ。三十八歳の人妻からの投稿である。

【思えば物心がついたころから、わたしはSM的なものに興味を抱いていたのかもしれません。時代劇に出てくる囚《とら》われのお姫様になりたくてなりたくて、男子の友達によく監禁ごっこをねだってました。ただ、長じてからはそういった性癖《せいへき》は抑圧されておりました。人並みに恋愛し、結婚したいというごくノーマルな欲望もまた、わたしの中では大きかったからです。SMに対する興味がどうにも抑えがたくなってきたのは、子育てが一段落し、夫への愛情も男女のそれというよりは家族愛へと変わっていき、夫婦生活の回数が激減した、ここ二、三年の話でしょうか。ベッドの上で囚われのお姫様になってみたいという欲望が、不意に頭をもたげてきたのです。とはいえ、最初は単なる妄想でした。また、この年になって新たなセックスパートナーを探すのも難しいことも、よくわかっておりました。ところが、妄想は妄想にすぎないと半ば諦めていたときに、このサイトに出会ってしまったのです。いまでは月に一度、理想のご主人様に性奴隷として調教され、とても幸せな日々を送っております】

宣伝くささを感じないでもなかったが、調教と呼ばれる行為の内容が気になった。

二十八歳の女教師からの投稿には、こんなことが書いてあった。

【わたし、とにかく目隠しと拘束に異常に興奮してしまうんです。視界を奪われ、手足の自由を奪われた状態で、恥ずかしいところを見られて、羽根や筆なんかでじわじわ、じわじわ愛撫されると、もう洪水のように濡《ぬ》れてしまいます】

Ｍ女と表されるマゾっ気がある女が、目隠しと拘束で興奮するという体験談は、他にも数多く見られた。派手なデザインでＳＭを謳《うた》っているわりには、縄で縛るとか鞭で叩くとか蠟燭を垂らすといった、おぞましい行為への言及はほとんどなかった。プレイの内容はソフトというかカジュアルというか、そういう感じでありながら、ご主人様と奴隷という精神的な繋《つな》がりを重視している投稿が多いように見受けられた。

「拘束か……」

龍平はＳＭ系のサイトを巡り、さまざま画像や動画を眺めた。それまでもっていたＳＭに対するイメージは、和服の女を荒縄でぐるぐる巻きにしたり、ボンテージファッションの女が黒革に鎖がついた手錠をされているというものだったが、そこまで本格的でなくとも、色のついたロープや、マジックテープで簡単に着脱できる拘束具で、普通の人たちが気楽にプレイを楽しんでいるようだった。

これならいけるのではないか、と思った。

突然ＳＭに目覚めたというわけではなく、Ｍ女という存在が、童貞を捨てるうってつけの相手に思えたのである。

なにしろ、奴隷になりにやってくる女なのだから、こちらの言いなりになるのが当然だ。目隠しと拘束で好き放題に体をまさぐり、そのどさくさにまぎれて結合してしまえば、セックスなど簡単に経験できるのではないだろうか。知保のように、イニシアチブを握りたがることもなければ、男のプライドを踏みにじってくることもない。

そんな考え方はＳＭを冒瀆《ぼうとく》することになるのだろうか。

真面目に奴隷になりたがっている女は、真面目にご主人様をやっている人に従いたいに違いない。だが、ＳＭにおける真面目とはなんだろう。恥ずかしいところを見せろと命令するとか、拘束具を使ってＭ字開脚を強要するとか、そういうプレイをするのに真面目もへったくれもないような気がする。

よくわからなかった。

自分の頭だけで考えて結論を出すには、龍平はＳＭについて無知すぎた。決定的に、情報が足りなかった。

3

一週間後——。

ある平日の晴れた午後、龍平は新宿《しんじゆく》のホテルにいた。

ラブホテルではなく普通のホテルだ。昼の十二時から午後四時まで部屋に滞在できる、デイユースというプランを使った。

料金はラブホテルの休憩二時間より割高だったが、初めて会う女といきなりラブホテルで会うわけにはいかないし、カフェで待ちあわせというのもうまくなかった。これから会う女はM女志願の女なので、コーヒーカップを片手に和気藹々《わきあいあい》とおしゃべりを楽しむわけにはいかないのである。

女の名前は竹井紗栄子《たけいさえこ》という。

年は三十一歳。結婚五年目で子供はなし。独身時代からデパートの販売員として勤務し、いまも働いているらしい。

龍平はこの一週間、紗栄子と頻繁にメールのやりとりをしていた。SM系の出会い系サイトでメールの交換をするようになった女は他にもいたが、紗栄子ほど頻繁にやりとりした相手はいない。お互い初心者同士ということもあったし、有り体《あてい》に言って相性がよかったのだろう。

最初に彼女から来たメールはこのようなものだった。

【子供のころから厳格な両親に育てられ、すすめられるがままに結婚して五年。仕事もあり、満ち足りた生活を送っていると思うのですが、最近どういうわけか虚無感《きよむかん》に襲われることが多いです。刺激が足りず、体が渇いているのです。わたしのご主人様になって、わたしの体を潤していただけませんか？　ただ、当方初心者のため、ハードなプレイは難しいと思います。羞恥《しゅうち》プレイ？　言葉責め？　そんな感じでいじめていただける方を探しています】

おそらく紗栄子は、同様の文章を複数の男に送ったはずである。彼女に限らず、出会い系サイトの利用者はたいていそうだろう。

ならば、最初が肝心だと思った。他の男はきっと、いきなり彼女に会おうとするだろうし、すべてを自分のペースで進めようとするに違いない。

しかし、初心者にはそれが恐怖なのだ。相手のペースに巻きこまれることを警戒する。男の龍平でさえそうなのだから、女の紗栄子はなおさらだろう。

ましてや、知りあったのはマニアックなＳＭ系のサイトだ。プレイに対する好奇心はあっても、自称ドＳや自称ご主人様と密室でふたりきりになることに、不安を感じていないわけがない。

そこで、こんなメールを返してみた。

【あなたがＭ女になりたいという気持ちを示した写真を送ってきなさい】

よけいなことはいっさい書かない、ぶっきらぼうな文章を送りつけたのだが、紗栄子からはすぐ翌日、写真が送られてきた。

鏡の前に立って、全身を映した写真だった。

カメラの位置で顔を隠していたが、スカートが腰までまくりあげられていた。しかも、下半身にショーツを着けておらず、ストッキング直穿《じかば》きで、ナチュラルカラーのナイロンに股間の茂みが透けていた。まるで欲望の深さを示すような黒々とした繊毛が、肌色のストッキングに押し潰《つぶ》されている様子は身震《みぶる》いを誘うほどいやらしく、龍平は見た瞬間に勃起してしまった。

それだけでも充分に衝撃的な写真だったが、よく見ると、彼女が着けている濃紺のスーツはデパートの制服だった。制服マニアがつくっているサイトで、デザインを確認したから間違いない。販売員に清楚《せいそ》な美女ばかりが揃《そろ》っていることで有名な、名門・五越《いっこし》デパートの制服である。

彼女が五越レディであることにも驚かされたが、制服を着ているということは、仕事中にその写真を撮ったということになる。五越デパートの更衣室か、姿見のついたトイレの個室か、あるいは試着室などで撮影したのだ。

【そんな格好で働いているなんて、なんていやらしい女なんだ。接客しながら、オマンコ濡らしてたんじゃないのか】

とメールすると、

【……濡らしてました】

率直な答えが返ってきて、龍平は異様な興奮を覚えてしまった。いままで経験したことがない種類の興奮だった。ドス黒く背徳的な感情が、まるで悪寒のように、体の内側でぞわぞわとざわめく――そんな具合の興奮である。

【じゃあ、もっとセクシーなランジェリーを着けるんだ。ガーターベルト式のストッキングがあるだろう？　あれを着けてショーツは穿かないで仕事をしたまえ】

龍平は自分が十九歳の大学生であることを明かしていたので、年齢差を無視した上から目線の言葉遣いだったけれど、そこはM女志願者とご主人様の関係だ。敬語など使ったら逆に白けてしまうだろうと思った。

写真はまたすぐに送られてきた。

龍平が命じた通り、ガーター式の黒いストッキングを着け、ショーツは穿かず、制服のスカートをめくって、草むらを露《あら》わにしていた。

黒い艶《つや》光りを放つ濃密な繊毛が淫《みだ》らだった。そのくせ、噴水が左右に跳ねるような形で茂った姿はエレガントと言っていい。逞《たくま》しいほどに肉づきのいい太腿《ふともも》を密着させ、やや内股気味になって羞《は》じらっている様子が、生唾《なまつば》もののいやらしさだった。

【ただ立ってるだけの写真で僕が満足すると思ったのかい？　マン毛を見せるだけで奴隷になれると思ったら大間違いだ】

翌日、紗栄子から送られてきた写真は予想を遥かに超えたものだった。

ガーターストッキングを着けているのは前日と同じでも、長い両脚を菱形に開いて、右手を股間にあてがっていた。立ったまま自慰をしていたのだ。局部のアップまでは送られてこなかったが、恥ずかしいひとり遊びに淫しているオーラが全身から漂っていた。カメラの位置で顔を隠していても、双頬が生々しいピンク色に染まっているのがはっきりわかった。

その一連のやりとりで、ふたりの距離は急速に縮まった。

龍平は紗栄子から送られてきた写真を見て何度もオナニーをしたし、紗栄子もまた、職場での露出プレイにひどく興奮しているようだった。

うまく立ちまわれば彼女を抱けるという確信が強まってきた。

(この人で……童貞を捨てるのか……)

もちろん、異論はなかった。顔はまだわからないが、五越レディなら美人に決まってる。それに、全身から放たれている色香が濃密すぎて、写真を見るたびに圧倒された。正直に言えば、十九歳の童貞にとって、彼女はアダルトすぎたし、色っぽすぎた。だが、チャンスには違いない。自慰をする写真まで送ってきたということは、体を開くまでもう一歩ということだろう。

【まったくスケベな女だよ。直接、顔とオマンコを拝んでみたいもんだ】

満を持して逢瀬を匂わすメールを送ると、

【仕事のお休みが月曜日と火曜日なんです。月曜日はいろいろと所用がありますが、火曜日ならいつでも……】

誘いを待ちかねていたような返事が届き、龍平は緊張した。

いよいよ時が来たのだ。相手は三十一歳の人妻にして、制服姿も麗《うるわ》しい名門デパートの販売員。普通なら接点などあるはずのない高嶺《たかね》の花である。

だが、臆してはいけない。

紗栄子とセックスを経験すれば、ただ童貞を捨てることのみならず、男としての自信を得られるような気がした。

それに、紗栄子とメールをやりとりしているときだけは、知保に与えられた屈辱も忘れられた。淫らな写真に興奮しただけではなく、メールの中で女をいじめて悦《よろこ》ぶサディストを演じることに、嫌な過去を忘却できるほどの熱狂があったのだ。

リアルな世界で彼女と会い、ヴァーチャルに生みだしたサディスティックな別人格を演じられると思うと、武者震いを覚えるほどだった。

紗栄子とメールをやりとりするのと並行して、SM系のサイトを巡ったり、SM小説を読んだりして、自分なりのサディスト像をつくってみた。とにかく無愛想に徹し、余計な口をきかないことがポイントだと思った。メールでそうしてきたように、会っても声を発するのは、いやらしい命令をするときだけにすればいい。

それなら自分でもできる気がした。

恋人同士がベッドインするときに必要なのはリラックスだろうが、SMでは逆なのである。マゾヒストが求めているのはピリピリした緊張感であり、和気藹々としたおしゃべりではない。

逢瀬の日時と場所が決まると、龍平はパソコンの前で唸《うな》ることとなった。

試しにシナリオを書いてみることにしたのだ。

彼女と会ってからの一部始終を想像し、場面ごとにパソコンに打ちこんでいく。

高校時代、演劇部で、作・演出を担当していたから、ト書きを書いて台詞を並べることには慣れていた。SMプレイが演劇的な祝祭空間なら、シナリオがあったほうが事を運びやすいに違いなかった。

とはいえ、書いているのは自作自演のSMプレイだ。

なんて馬鹿なことをしているのだろうという自覚がなかったと言えば嘘になるが、やりだしたらとまらなくなった。紗栄子がシナリオ通りに動いてくれるかどうかはわからない。しかし、自分の欲望を字面にしていく作業は、背徳感あふれる秘密めいた興奮を覚えさせ、自慰よりも深く濃い愉悦に満ちていた。

4

ホテルの部屋がノックされた。

待ちあわせの午後一時、ぴったりだった。

龍平は椅子から腰をあげ、サングラスをかけた。安手な方法だが、無愛想な別人格を演じるには、それなりに効果的な小道具になってくれるだろうと、用意しておいたものだ。

扉を開けると女が立っていた。

顔を見るのは初めてだったが、龍平は彼女が紗栄子であるとひと目でわかった。

美人だった。

そういう言葉を躊躇《ためら》うことなく使うことができる、麗しい容姿をしていた。

優美な瓜実顔《うりざねがお》に切れ長の眼をした、和風の顔立ちが清楚だ。龍平が知っている女でもっとも美人なのは奈美だったが、タイプが違うし、それ以上に年齢が違う。美しさと同等かそれ以上に、大人の女である印象が強い。

当たり前だが、デパートの制服は着ていなかった。ベージュのゆったりしたニットに黒いロングスカートという、落ち着いた装いをしていた。職業柄のせいなのか、ハンドバッグやアクセサリーや腕時計や靴は、すべて高価そうな物ばかりだった。

写真では常に髪をアップに纏《まと》めていたが、いまはおろしている。背中まである長い黒髪が、絹のような光沢を放っていてまぶしい。

龍平は部屋に通した。

紗栄子の顔立ちは見れば見るほど美しかったが、緊張に頬がこわばり、眉をひそめていた。龍平が真っ黒いサングラスをかけていることに対するリアクションだろう。こちらが十九歳の大学生であることは伝えてあったが、よれたシャツに色褪《あ》せたジーンズ姿の龍平が、想像以上に若すぎたと驚いているのかもしれない。

「竹井……紗栄子です……」

上ずった声で自己紹介をしたが、龍平は無視してなにも答えなかった。ますます不安げな表情になった紗栄子を尻目に、カヴァーがかかっているダブルベッドにあがった。足を投げだし、腕を組んだ。最初が肝心だった。ナメられないように、高圧的なテンションで接したほうがいい。

「それがご主人様に対する挨拶かい？」

サングラス越しに睨《ね》めつけた。シナリオ通りの動きだった。

「服を脱いでもう一度挨拶するんだ。言われた通りのものを着けてきたんだろう？」

「は、はい……」

紗栄子の様子が変わった。それまで背筋を伸ばしていたのに、急に怯《おび》えたように身をすくめ、眉根を寄せてうつむいた。ほんのわずかな変化だったが、龍平の背筋はゾクッと震えた。

この女をいじめたいという、抗《あらが》いがたい欲望が体の内側ではっきりと芽生えたからだ。理由はわからないが、彼女にはそういう雰囲気がたしかにあった。美人なのに、自信のなさが表情に見え隠れしている。

ラブホテルではないので、部屋には窓があった。照明は消してあるが、レースのカーテン越しに午後の陽光が差しこんできて、部屋の中はかなり明るい。脱げば細部まで詳《つまび》らかになる。

「失礼します……」

紗栄子は蚊の鳴くような声で言い、ハンドバッグをソファに置いた。音がしないように深く息を吐きだしてから、ベージュのニットを脱いだ。

黒いレースのブラジャーが、龍平の眼を射った。大人の女らしい高級感あふれるランジェリーだったが、なにより砲弾状に迫《せ》りだしたカップの大きさがすごい迫力だ。さらに眼を惹《ひ》いたのがカップからはみ出した乳肉の白さで、血管が薄く透けている。搗《つ》きたての餅《もち》を彷彿《ほうふつ》とさせるもっちりした様子が、見るからに揉み心地のよさを伝えてくる。

紗栄子は続いて、スカートも脱いだ。

黒いガーターストッキングを着けていた。光沢のあるナイロンの質感も、太腿を飾るレースの豪華さも、いままで写真で見たことがあるものよりワンランクもツーランクも高級なものだった。自分を満足させるようなセクシーなランジェリーを新調してくるように、龍平が命じたからだ。

　ショーツはブラジャーと揃いの黒だった。それも極端なハイレグで股間に食いこみ、後ろは左右の尻丘をほとんど丸出しにしたTバックだ。清楚な顔とのギャップが鮮烈なエロスを生む。

「ううう っ……」

　紗栄子は自分で自分の体を抱きしめ、膝を折って中腰になった。大胆な写真を送りつけてきたM女志願のわりには、羞じらい深いことである。その羞じらい深さが、龍平の欲望を揺さぶった。もっと恥ずかしい目に遭わせてやりたくなった。

「挨拶はどうした?」

「竹井……紗栄子です……」

「なにしに来たんだよ?」

「そ、それは……」

　紗栄子が口ごもる。

「いじめてもらいに来たんだろう? 違うのか?」

「……はい」

眉根を寄せて小さくうなずいた横顔に、龍平は息を呑んだ。長い睫毛《まつげ》がフルフルと震えている様子が悩ましくて、いても立ってもいられなくなってくる。余裕綽々《よゆうしやくしやく》のフリをして腕を組んでいても、手のひらは興奮でじっとりと汗ばんでいる。

サングラスをしてきてよかった。年上の女を威圧するのが目的だったが、無遠慮に視線を動かせるという利点もあった。紗栄子が露わにした体のラインを熱い視線でなぞるほどに、ジーパンの中でペニスが恐ろしほど硬くなっていく。

たっぷりと眺めてから、ベッドを降りた。冷静さを失わないように、頭の中で自分の書いたシナリオを反芻する。シナリオ通りに演じればいいのだと自分に言い聞かせながら、バッグからアイマスクを取って紗栄子に近づいた。

「これをするんだ」

「えっ……」

紗栄子が怯えた顔を向けてくる。顔立ちは大人びているのに、表情が少女のようだ。欲望を揺さぶる表情である。

「いじめてほしいんだろ？」

龍平は身をすくめている紗栄子にアイマスクをした。たったそれだけで雰囲気がガラリと変わったことに、驚かざるを得なかった。

途端に無防備になった。アイマスクをしただけで、三十一歳の人妻が、好き放題にしてかまわない人形に早変わりした。

龍平はベッドカヴァーを乱暴に剝《は》がすと、白いシーツの上に紗栄子をうながした。眼が見えないから、よろめきながら横座りになった。

「こ、怖いです……」

声をひきつらせ、アイマスクをした顔を向けてくる。

たしかに怖いだろう、と龍平も思った。しかし、目隠しをはずしてやるわけにはいかない。ＳＭ愛好家の手記を読むと、目隠しによってマゾヒズムに開眼したという意見が驚くほど多いのだ。恐怖と裏腹に体が敏感になり、普段では考えられないくらいの高みに昇りつめていくという。

龍平はバッグから拘束具を出し、紗栄子の両手の自由を奪った。マジックテープ製の手錠のようなもので、ロープなどよりはるかに簡単に女体を拘束できるし、血管を締めつけてしまうリスクもない。

「いやっ……」

頭の上で両手を拘束された紗栄子は小さく悲鳴をあげた。龍平は素早く手を動かし、彼女の脚も拘束した。両脚をＭ字にひろげた状態で閉じられなくすると、仕上げに両手を頭の上からさげられないように、手脚の拘束を長いマジックテープで繋げた。そうしておいて、ベッドにコロンと転がしてやる。

「あああっ……」

紗栄子は不自由なM字開脚に拘束された体をよじらせた。アイマスクをしていても、顔をくしゃくしゃに歪めているのがはっきりとわかった。

龍平は戦慄《せんりつ》にも似たおののきが、全身を支配していくのを感じた。

眼の前の光景に、恍惚《こうこつ》と不安を覚えていた。

三十一歳の人妻が両脚をM字にひろげ、黒いショーツがぴっちりと恥丘を包んでいる股間を露わにしている。両手をおろすこともできないまま、剃《そ》り跡も青々しい左右の腋《わき》の下まで無防備にさらしている。

自分がつくりだした光景だった。

いかがわしいサイトに出入りし、何人もの女とメールを交わし、シナリオを書いて、小道具まできちんと用意したから、いまこの光景に眼福を覚えている自分がいるのだ。

俺だってやればできる、という達成感がこみあげてきた。これからこの光景を思いだすだけで、何度となく自慰に耽ることができるだろう。

だが、達成感に浸《ひた》っているわけにはいかなかった。シナリオはまだ、起承転結の起のあたりなのである。この光景をもっと淫らに狂い咲かせなければならない。

不思議なことに、紗栄子とふたりきりでいる時間が経過するほど、童貞を捨てるという目的より強く、彼女に恥をかかせてやりたくなってきた。

「ううっ……ううっ……」

まだ指一本触れていないにもかかわらず、紗栄子はアイマスクの下で歪んだ顔を紅潮させていった。よく見ると額のあたりが汗ばんで、キラキラと光っている。

目隠しをされると相手の視線をよく感じるというのは、SM愛好家の手記でよく語られていることだった。紗栄子もきっと、龍平の視線を感じているのだ。まだ下着は着けているものの、これ以上なく恥ずかしい格好に拘束された体に、犯すように這いまわる男のまなざしを感じて脂汗を浮かべているのだ。

「いい格好だよ」

龍平は興奮を嚙みしめるように言った。

「奴隷としていじめられるのに、相応《ふさわ》しい格好だ」

アイマスクを着けた紗栄子の顔に、顔を近づけていった。キスをするためではなかった。絹のような長い黒髪を手ですくい、鼻を埋めて匂いを嗅いだ。ほのかにシャンプーの残り香が漂う、女らしい匂いにうっとりする。

それから、全身の匂いを嗅ぎまわした。腋の下は生々しい汗の匂いがして、ブラジャーに包まれた乳房は香水のような匂いとミルキーな香りがミックスされていた。

童貞を捧げる女体が、どんな匂いを放っているのか興味があった。

だがそれ以上に、眼が見えない状態で体中の匂いを嗅ぎまわされるのは、さぞや恥ずかしいことだろうという思いが強かった。

「くぅううっ……ううう……」

予想通り、紗栄子は羞じらいに身悶えはじめた。鼻を押しつけたりはしていないが、素肌に鼻息を感じるのだろう。龍平の顔が下肢に向かっていくに従って、身のよじり方が激しくなっていく。

股間に食いこんだショーツを見た。黒い薄布が、こんもりと盛りあがったヴィーナスの丘の形状を露わにしている。女の体には数えきれないほど悩殺的なカーブがあるが、股間を彩るこの丘がその中でもとびきりの卑猥《ひわい》さに満ちていた。

「いっ、いやっ……」

龍平の鼻息がショーツにかかると、肉づきのいい太腿をぶるぶると震わせた。ガーターストッキングからはみ出した、白い腿肉が波打つ姿がいやらしい。ハイレグカットの黒い薄布に包まれている部分と、鮮烈なコントラストを生みだす。

「むううっ……」

思いきり鼻から息を吸いこめば、他の部位からは漂ってこなかった芳香を感じた。十九年間生きてきて嗅いだことがない匂いだったが、確信を覚えた。

これはたしかに、獣の牝《メス》のフェロモンだ。

5

龍平はバッグから大人のオモチャを取りだした。

昨日、秋葉原の巨大アダルトショップに出かけて買い求めてきたものだった。

すでに使用しているアイマスクやマジックテープ式の簡易拘束具に加え、くすぐりプレイ用の羽根や筆、そして無線式のローターだ。

サディストのフリをしてM女志願の女と会うのに小道具が揃っていないのは、果たし合いに丸腰で臨むようなものだろうと思って、大枚を叩《はた》いたのである。本当は電マやヴァイブも欲しかったが、貧乏学生にはそこまでの余裕はなかった。

まずは羽根を手にした。

犬猫をじゃらすときに使うようなふわふわしたフェイクだ。

黒いショーツが食いこんでいる部分を刺激してやりたかったが、ぐっとこらえてまずは太腿の裏から撫でていく。さわさわさわとくすぐってやると、

「んんんんーっ！」

紗栄子が背中を弓なりにしてのけぞったので、龍平は驚いた。想像以上のリアクションだった。正直に言えば、こんな猫じゃらしみたいなもので女の性感が高められるのかどう

か、確信がもてなかったのだ。

おそらく、目隠しと拘束のせいで、体が敏感になっているのだろう。加えて、責めているのはひとまわりも年下の大学生。直接会うのは今日が初めてという緊張感が、くすぐったい羽根の感触を、刺激的な快感に変えているのかもしれない。

「んんんんーっ！　くぅうううーっ！」

紗栄子から悩ましい悶え声を絞りとるほどに、龍平はすさまじい万能感を覚えた。気がつけば、右手に羽根、左手には筆を持ち、ふたつを同時に使って、紗栄子の下半身を責めていた。

肝心な部分はまだ避けて、太腿から膝、ふくらはぎをふわふわした羽根で撫でてやる。筆先を臍《へそ》のまわりで旋回させてやる。

やがて、紗栄子の体に異変が起きた。素肌にじっとりと汗が浮かんできたのだ。抜けるように白い素肌が汗でコーティングされ、ほのかに濡れ光っていく様子に眼を見張った。思わず舐めまわしたくなる艶やかさだ。

だがそれ以上に驚嘆したのが、汗の匂いだった。

紗栄子の汗は、甘ったるい匂いがした。先ほどショーツ越しに嗅いだ獣じみた匂いとは違ったが、それもまた女のフェロモンの一種なのかもしれない。とくに首筋と腋の下の発汗が激しく、みるみる汗の粒が浮かんでくる。

「すごい汗だな」

筆先を躍らせ、汗の粒を吸いたてるように首筋を撫でると、

「あああーっ！」

いままでとは違う声音の悲鳴があがった。

性感帯なのだろうか。

龍平は首筋を中心に責めながら、美術品のように形の綺麗な耳殻《じかく》や、乳房の隆起がはじまるあたりの胸元をくすぐった。耳もかなり感じるらしく、筆と羽根を同時に使って責めたてると、みるみる真っ赤に染まっていった。

汗の量も増えてくる。

左右の腋窩《えきか》はもう、水溜まりのようになっている。

むしゃぶりつき、舐めまわしてやりたかったが、ここは我慢のしどころだった。

羽根と筆を使い、二の腕の裏から腋の下に向けて、すうっ、すうっ、と刺激してやる。執拗《しつよう》に責める。くすぐりまわし、撫でたてる。

「ああっ、いやああっ……」

紗栄子は激しく身をよじった。しかし、拘束された両手をさげることはできない。汗まみれの腋窩を無防備にさらしたまま身をよじる姿がいやらしすぎる。

「くすぐったいっ！　くすぐったいいいいーっ！」

絹を裂くような声で悲鳴をあげ、ちぎれんばかりに首を振る。腋の下は性感帯ではなく、本当にくすぐったいのかもしれない。

しかし、龍平はくすぐることをやめられなかった。アイマスクの下で清楚な美貌を真っ赤に燃やし、M字開脚に拘束された不自由な体をくねらせて、くすぐったがっている三十一歳の人妻の姿は、息を呑むほど濃厚な色香を放っていた。龍平は悩殺されていた。美しい黒髪がざんばらに乱れるまで、羽根と筆を躍らせてしまう。

「お、お願いっ……お願いだからもうやめてええええっ……」

「それがご主人様に対する口のきき方かっ!」

怒声をあげて一喝し、筆で股間をすうっと撫でていく。黒いショーツが食いこんでいる女の部分の、割れ目をなぞるように筆先を這わせる。

「はっ、はぁあああああーっ!」

紗栄子がビクンと腰を跳ねあげ、次の瞬間、わなわなと五体を震わせた。今度は、くすぐったがっているのではなかった。童貞の龍平にも、彼女が淫らな衝撃に体を突き動かされていることがはっきりとわかった。

くすぐったい部分と感じる部分を、同時に刺激するといいのかもしれない。そう思った龍平は、羽根で腋窩を撫でまわしながら、筆先をねちっこく股間に這わせた。どちらも、触るか触らないかのソフトタッチだった。にもかかわらず紗栄子は、ひいひいと喉を絞ってむせび泣き、骨が軋《きし》むような勢いで身をよじった。両足を宙に掲げ、足指をぎゅうぎゅうと丸めている様子が卑猥すぎた。

素肌を濡らす汗の量は増していく一方だった。

そして、素肌ではないところまで濡れはじめた。

紗栄子が穿いている黒いショーツは、フロント部分が豪華なレースで飾られていたが、股布はプレーンな生地だった。そこにシミが浮かんできた。縦に細長い、見るからに女性器を彷彿とさせる形状のシミで、筆先で撫であげるほどに濃くなっていく。

龍平は紗栄子に気づかれないようにごくりと生唾を呑みこむと、

「オマンコが濡れてきたのか？」

からかうように喉奥で笑った。

紗栄子は答えない。

「オマンコ濡れてるのかって訊いてるんだぞ？」

「ううう……」

紗栄子は唇を嚙みしめた。

意外なほど羞じらい深い反応である。メールでのやりとりでは【濡らしてました】とあっさり白状した彼女なので、「濡れてます！　オマンコびしょびしょです！」くらいのことは言うかと思った。言えばショーツをめくって、濡れた部分をじっくり拝んでやるというシナリオになっていた。

しかし、焦る必要はない。

言いたくないなら、言いたくなるようにすればいいだけである。

「奴隷のくせに素直じゃないな」

龍平は吐き捨てるように言うと、羽根と筆を放りだし、ローターを手にした。白いウズラの卵ほどの球体が、ぶるぶると震動する大人のオモチャである。無線式なのでコードはない。リモコンでスイッチを入れ、紗栄子の耳に近づけた。

先ほど見つけた性感帯を、刺激するためだけではなかった。ジィージィーという耳障りなモーター音を聞かせるためだ。

「あああっ……あああああっ……」

次になにをされるのか、彼女は敏感に察したようだった。視覚が遮《さえぎ》られていれば、想像力が逞しくなる。それが女の官能を司る急所にあてがわれたとき、どれほどの衝撃が襲いかかってくるのかを想像して、身をすくめている。

龍平はまず、震動するローターを乳房に近づけた。ブラジャーに包まれている小高い丘の裾野に、ローターを這わせた。

「くっ……」

紗栄子が顔をそむける。それほどの衝撃ではなかったらしい。だがまだ裾野だ。龍平はじわじわとローターを這わせ、小高い丘の頂を目指した。ブラジャーに包まれているとはいえ、乳首にこれをあてがったらどうなるのか。

「はっ……はぁあああああーっ！」

紗栄子が白い喉を見せてのけぞる。乳首に襲いかかってきた刺激に激しく身悶え、ブラジャーの下で肉のふくらみを大きく揺らす。

龍平は眼をたぎらせた。

女を感じさせる愛撫は、真綿で首を絞めるようにじわじわと、が鉄則らしい。とくにM女を開発するなら、焦ってはいけない。シナリオもその点は充分に注意して書いてある。だが、我慢できなくなってしまった。机上の計画と、現実は違うのだ。ブラジャーの中で窮屈そうに揺れはずんでいる乳房を見ていると、興奮のあまり眩暈《めまい》を覚えた。

（おっぱいだけ、触ろう……あとはシナリオ通りだ……おっぱいだけ……）

自分で自分に言い訳しながら、紗栄子の背中に両手をまわした。ブラジャーのホックをはずし、カップをめくりあげる。

「ああっ、いやあああっ！」

紗栄子が痛切な悲鳴をあげ、たわわに実った胸のふくらみが露わになった。呆《あき》れるほどの量感だった。にもかかわらず形もいい。裾野は小玉スイカのように丸いのに、先端はツンと上を向いている。白い隆起全体が甘ったるい匂いのする汗で濡れ光っているから、なおさらいやらしい姿になっている。

龍平はおずおずと両手を伸ばしていった。丸々とした量感を誇る双乳を、裾野からすくいあげるようにして手を添えた。見かけ倒しではなく、極上の触り心地がした。むちむちに張りつめているのに、途轍《とてつ》もなく柔らかい。軽く力を込めただけで、指が自然と隆起に埋まりこんでいく。

「うっくっ！」

紗栄子は歯を食いしばった。龍平がモミモミと指を動かすと、首にくっきりと筋を浮かべた。龍平はさらに揉んだ。紗栄子が歯を食いしばっていられなくなるまで、時間はかからなかった。

「うっくっ……んんんっ……あああああっ！」

Oの字に開かれた唇から、艶やかに湿った声があふれた。赤い乳首がみるみる物欲しげに尖《とが》って、見るもいやらしい姿に豹変していく。

「むううっ……むうううっ……」

龍平の鼻息は荒くなっていくばかりだった。興奮をあからさまにするのはサディストという役まわりに似つかわしくないから、なるべく鼻息をたてないようにしようとしたが無理だった。

なにしろ、生まれて初めて揉みしだく乳房だった。男の体にはあり得ない、柔らかい揉み心地と、手のひらに吸いついてくるような感触に陶然とし、夢中になって手指を動かしてしまう。

乳首を指でつまんだときの感動は、とても言葉では言い表せない。やわやわと指で押し潰すほどに、口に含みたくてしようがなくなってくる。

だが、そこまでしたら、いままでの苦労が水の泡だ。ここでむしゃぶりついてしまったら、SMプレイが成立しなくなってしまう。

「むむっ……むぐぐっ……」

龍平は血が出るような強さで唇を噛みしめて、こみあげてくる欲望を抑えこんだ。落ち着け、落ち着け、落ち着くんだ、と胸底で呪文のように唱えては、ジーパンの中で痛いくらいに勃起しているおのが分身を必死になだめた。

6

シナリオでは、まず下着姿のままローターで女体を愛撫し、さらにショーツをめくってクンニリングスを施《ほどこ》して、発情しきった紗栄子のほうから挿入をねだらせることになっていた。

逆に言えば、紗栄子がプライドを捨てて挿入をねだってくるくらい追いつめなければならないということだ。そこまで追いつめればきっと、経験ゼロの童貞でもなんとか無事に挿入を果たせるのではないかという思惑があった。

龍平は気を取り直して、股間に食いこんだショーツを見た。

しつこく乳房を揉みしだいた効果だろう、黒い生地にもかかわらず、股布に浮かんだシミが先ほどより大きくなっているのがはっきりわかった。じっとりと水分を含んだ薄布が張りついて、いまにも割れ目の形まで露わにしそうである。

ジィージィーと音をたてるローターをその部分に触れさせると、

「ひいいっ！」

紗栄子は悲鳴をあげて全身をこわばらせた。龍平は強く押しあてたわけではなかった。割れ目をなぞりあげるように、すうっと撫であげただけだ。しかし、紗栄子の体はこわばったまま、ガクガク、ぶるぶる、と震えだした。ローターが次第に、割れ目の上端に近づいていったからである。そこにあるはずの女の急所を、電気仕掛けのヴァイブで刺激されると身構えているのである。

龍平の目標も、まさにそこだった。ショーツを穿いたままだし、生身の女性器を見たことがないので、あてずっぽうの位置だったが、押しあてた。

「ひいいーっ！　ひぃいいいいーっ！」

紗栄子の悲鳴はあきらかにいままでとは違う切実さを帯び、ガーターストッキングに飾られた太腿が波打つように震えだした。首筋や胸元の汗ばんだ素肌が、みるみる生々しいピンク色に上気していった。

童貞の龍平にも、クリトリスを責めている実感がたしかにあった。思った以上に激しい反応だった。責めては休み、休んでは責めるというやり方で、じっくり追いこんでいくつもりだったのに、ハアハアと息をはずませながら身をよじる紗栄子が、股間からローターを離すことを許してくれない。好奇心と興奮が手を握りあって離さないのだ。このまま責めつづければ、いったいどうなってしまうのだろう。

「はぁああああっ……はぁあああああーっ！」

紗栄子はもはや口を閉じることもできない様子で、Oの字にひろげた赤い唇を唾液でヌラヌラと光らせている。アイマスクをしているせいなのか、唇の動きがやけに卑猥に見える。激しく身をよじれば、プルルン、プルルン、と汗まみれの乳房が揺れはずみ、尖りきった乳首の先から汗のしずくが飛んだ。ショーツの股布に浮かんだシミは大きくなっていく一方で、生地が白ければ花びらの色まで透けさせていただろう。

「いっ、いやっ……」

紗栄子が金魚のようにパクパクと口を動かした。

「イッ、イクッ……イッちゃうっ……そんなにしたらイッちゃううううーっ！」

龍平は咄嗟《とっさ》にどうしていいかわからなかった。女がイク＝絶頂するという現象について、よくわかっていなかった。単にものすごく気持ちいいことをそう呼ぶのか、あるいは、精液を噴射しない射精のようなものなのか判然とせず、したがって責め手を変えることもできないまま、クリトリスにローターをあてつづけてしまう。

「いやいやいやいやっ……ダ、ダメッ……イクッ……イッちゃうっ……イクイクイクッ……はぁあああああああーっ！」

紗栄子は両手両脚を拘束された不自由な体をしたたかによじらせて、獣じみた悲鳴をあげた。ビクンッ、ビクンッ、と腰を跳ねさせたかと思うと、太腿や脚を小刻みに痙攣《けいれん》させて、足指をぎゅうっと内側に折り曲げた。

なんといういやらしい姿だろうか。

腰を跳ねさせた反動で、ローターは股間から離れていた。それでも紗栄子は十秒くらいの間、恥も外聞も打ち捨てた様相で大股開きの体をよじっていた。

「あああああああっ……」

やがて、空気の抜けるような声をもらして全身を弛緩《しかん》させた。ハアハアと息がはずんでいた。汗だけでなく、吐息からも甘ったるい匂いが漂ってきそうだった。

龍平は呆然自失の体でその様子を眺めていた。

ほとんど感動していた。

女がイクという現象はすごい、と思った。

だが同時に、言いようのない怒りがこみあげてきたのも、また事実だった。怒りというより、嫉妬《しっと》といったほうが正確かもしれない。かつて知保のフェラチオで暴発してしまったとき、彼女が怒りだした理由がなんとなくわかった。

「イッたのか？」

龍平は声を低く絞った。

「自分ばっかり気持ちよさそうに……僕の許可もなく……」

「ごめんなさい……」

ハアハアと息をはずませながら答える紗栄子の声は、いやらしいほど潤みきっていた。

「許してください……こんなことされたの、初めてだったから……」

こんなことというのは、目隠し拘束で愛撫されたことなのか、それともローターを使われたことなのか。おそらく両方だろうと龍平は思った。しかし、初めてだからといって許されるとは限らない。龍平にしても、知保に許してもらえなかった。

「許さない……許さないぞ……」

龍平は黒いショーツに指をかけた。むっとする熱気が、生地の奥から流れてくる。

「ご主人様の許可もなくイッてしまうなんて、奴隷失格じゃないか。どんだけいやらしいオマンコしてるか、じっくり拝んでやる」

クイッと指を折り曲げて、ショーツのフロント部分を横にずらした。濡れて黒々と光る繊毛が姿を現した。かなり濃かった。さらにショーツをずらすと、ふっさりと茂った草むらの奥に、くにゃくにゃによじれたアーモンドピンクの花びらが見えた。

「いっ、いやあああああっ……」

紗栄子のあげた悲鳴は、ほとんど少女の泣き声だった。

龍平も声をあげたかった。なんとかこらえて、割れ目を覆い隠している濃密な繊毛を、指でそっと掻《か》き分けた。

生まれて初めて目撃した生身の女性器は、驚くほどグロテスクだった。くにゃくにゃとよじれたアーモンドピンクの花びらが、割れ目というより巻き貝のように身を寄せあっていたし、おまけに獣の匂いのする粘液でベトベトに濡れている。練乳じみた汁まで漏らして、異様な雰囲気を漂わせている。

眼が離せなかった。血走るまなこで凝視しながら、指を伸ばした。

「んんっ！」

指が花びらに触れると、紗栄子は火照《ほて》った体をこわばらせた。龍平はかまわず、二本の指で花びらを割りひろげた。親指と人差し指で輪ゴムをひろげるようにくつろげていくと、奥からつやつやと濡れ光る薄桃色の粘膜が現れた。

粘膜の色艶は素直に美しいと言えるものだった。薔薇《ばら》のつぼみのように渦《うず》を巻いたひだがひくひくとわなないているのは、先ほどの絶頂のせいだろうか。

ふうっ、と息を吹きかけてみると、

「くぅううっ……」

紗栄子は身をよじって悶えた。吹きかけた吐息は獣じみた匂いとねっとりした湿り気を孕《はら》んで、龍平の顔に戻ってきた。

くんくんと匂いを嗅ぎながら、舌を伸ばした。

この部分を舐めまわすのは、シナリオにもある既定路線だった。いくらSMプレイだって、オモチャにばかり頼っている必要はない。だから、遠慮することはなかった。三十一歳の人妻がみずから挿入をねだるほど欲情するまで、思う存分味わっていいのである。

おずおずと舌を伸ばし、ねろり、と舐めあげると、

「くぅううううーっ！」

紗栄子はせつなげに喉を絞り、拘束された不自由な体をぎゅうっとこわばらせた。ねろり、ねろり、と龍平はさらに舐めた。不思議な舐め心地がした。

女性器は、いままで口にしたことがある、どんなものにも似ていなかった。強いて言えば貝肉だろうか。だが冷やして食す貝肉に対し、女性器は熱く息づいている。そのくせ、つるつる、ぴちぴちとして、とても人間の体の一部とは思えなかった。いや、一部には違いないのだが、体の内側を舐めまわしている感覚にとらわれる。

舌を伸ばして差しこんでいくと、たしかにそこには穴があいているようだった。

とはいえ、とてもペニスが入るとは思えないほど狭い。おそらく、内側にびっしりと詰まっている肉ひだが伸縮自在なのだろうが、この狭苦しい場所にやがて自分のペニスが入るのだと思うと、全身が熱く燃えあがっていくのを感じた。

「ああっ、いやああっ……いやああああっ……」

紗栄子は激しく呼吸をはずませながら、しきりに身をよじっている。ざんばらに乱れた黒髪をさらに振り乱して、ちぎれんばかりに首を振る。

ヴィーナスの丘に茂った繊毛が逆立ってきたのは、興奮のためだろうか。たまらなくいやらしい姿になっている。

女の割れ目からは、熱い粘液がこんこんとあふれてきて、口のまわりはおろか、顎《あご》までしたたってくる。

「むううっ……むううっ……」

龍平は鼻息荒く舌を躍らせながら、男としての自信がこみあげてくるのを感じた。なにしろ、大人のオモチャではなく、みずからの舌で三十一歳の人妻をここまでよがらせているのである。

セックスには、女を感じさせることが男の悦びにもなるという法則があるらしい。ならばもっと乱れさせてやりたいと思う。くにゃくにゃした花びらに埋まって見えなかったクリトリスを探しだし、包皮をめくった。小さくてよく見えないので、サングラスをはずした。女の最大の急所であるというそれは、真珠のような半透明をした可愛らしい肉の芽だった。

ギラついた眼でむさぼり眺めながら、舌先でちょんと突くと、

「はぁおおおおおおおおおーっ!」

紗栄子は背中を弓なりに反《そ》らせ、M字開脚に拘束された下半身を、ガクガクと震わせた。いままでにない大激震だった。龍平はガーターストッキングの触り心地も妖しい太腿を両手でつかみ、紗栄子の両脚をぐいぐいと割りひろげながらクリトリスを舐め転がした。チロチロと舌先で刺激しては、唇を押しつけて吸いあげた。

顔中が、紗栄子の漏らした熱い粘液でベトベトになっていく。だが、そんなことにはかまっていられない。あふれだした女の蜜をじゅるじゅるとすすっては、薄桃色の粘膜を舐め、いやらしく尖りはじめたクリトリスを吸った。花びらを口に含んで、ふやけるくらいしゃぶりまわした。

「ああっ、いやあああ……」

紗栄子が切羽つまった声をあげ、忘我の心境でクンニリングスに励んでいた龍平はハッと我に返った。

「ダッ、ダメッ……またイッちゃうっ……そんなにしたら、またっ……」

「また勝手にイこうっていうのか」

龍平は発情のエキスにまみれた顔を熱くたぎらせ、紗栄子を見た。アイマスクをしていても、美貌がひきつりきっているのがはっきりとわかった。

しかし、どうせならイクときの顔を拝んでやりたかった。拘束によって剝きだしにされた女性器と、恍惚に達する女の顔を同時に見ることができれば、すさまじい達成感が味わえるに違いない。

「……ひっ！」

アイマスクに手をかけると、紗栄子が声を上ずらせた。

「な、なにをするんですっ……」

「顔を見せるんだ」

龍平は荒ぶる呼吸を抑えながら言った。

「自分ばっかり何度でもイキたがる、いやらしい女の顔を見せるんだよ」

「いっ、いやあああーっ！」

悲鳴をあげる紗栄子の顔から、龍平はアイマスクを奪った。

そのとき露わになった彼女の表情を、龍平は一生忘れないだろう。

瓜実顔の美貌がくしゃくしゃに歪みきり、汗と涙でネトネトに濡れ光っていた。眉間《みけん》に寄せた深い縦皺《たてじわ》、赤く染まった双頰、そしてぎりぎりまで細めた眼の奥で淫らに潤みきった瞳が、この世のものとは思えない卑猥すぎるハーモニーを奏でている。

龍平はサングラスをはずしていたから初の素顔での対面だったのに、紗栄子にそんなことを気にしている余裕は皆無だった。

「ああっ、いやっ……見ないでっ……見ないでくださいっ……」

紗栄子が羞じらう理由はよくわかった。先ほど部屋に入ってきた彼女とはまるで別人で、AVでさえ見たことがないほど淫らな顔をしていた。女は発情すると、ここまで表情がいやらしくなるのかと衝撃を受けた。ならば、絶頂に達するときは、さらにいやらしく、さらに卑猥な表情になるに違いない。

「そんなにイキたいのか？」

龍平は二本指で、女の割れ目を閉じたり開いたりした。奥から熱い粘液が大量にあふれてきて、薄桃色の粘膜をいじりたてると、猫がミルクを舐めるようなぴちゃぴちゃという音がたった。

「こんな恥ずかしい格好をさせられて、恥ずかしいところを丸出しにされてるのに、もっと恥をかきたいのか？」

「くぅうう……ううう……」

紗栄子が恥辱に身悶えてむせび泣く。相手がひとまわり年下の大学生なのだから、恥ずかしく、屈辱的に決まっている。視覚が奪われていれば忘れることができるかもしれないが、彼女の顔にはもうアイマスクはされていない。恥辱に歪みきった顔までさらしものにされているのだから、恥かきのスパイラルはどこまでも上昇していく。

だが、顔つきで必死に羞じらっていても、体はそうではなかった。龍平の指の動きに反応し、腰が動いていた。クイッ、クイッ、と股間をしゃくり、女の恥部を出張らせてくる。さすがM女志願の人妻と讃《たた》えるべきか、もっといじってという心の声さえ聞こえてくるようである。

「ああああーっ！」

ヌプリと指を割れ目に埋めると、紗栄子は白い喉を突きだした。

龍平は息を呑んでいた。時間をかけてたっぷりと舐めまわした場所なのに、指を入れるとまた新鮮な驚きがあった。蜜壺の内部はヌルヌルに濡れているのによく締まり、いっそ吸いついてくると言いたいほどだった。指を動かすと、奥でじわっと蜜があふれた。ぐりん、ぐりん、と攪拌《かくはん》しては、指を出し入れした。

「あううっ……くぅうううーっ！」

のけぞっていた紗栄子が股間に向かって首を折り、大きく眼を見開いている。唇があわあわとわなないている。蜜壺の内部にも感じるところとそうでもないところがあるらしく、指が上壁のざらついた部分を撫でると、

「いっ！」

と奇妙な声をあげて、視線を宙にさまよわせた。

これがGスポットというものかもしれない、と龍平は思った。ヴィーナスの丘を挟んでクリトリスの反対側にある、女の第二の急所である——とセックス指南の本で読んだことがあった。

ざらついた部分を軽く押しあげると、

「い、いやっ……」

紗栄子は怯えた顔で首を横に振った。汗まみれの全身をきつくこわばらせて、すがるような眼を向けてきた。いま指が触れている部分を強く刺激されることに、身構えていることは間違いなかった。龍平は薄桃色の肉ひだの層の中で指を鉤《かぎ》状に折り曲げた。ざらついた上壁に指先を引っかけるようにして、指の出し入れを開始した。

「はっ、はぁあああああああーっ！」

紗栄子は再びのけぞった。

「ダ、ダメッ……そこはダメッ……出ちゃうっ……出るっ出るっ……そんなにしたら出ちゃううーっ！」

次の瞬間、紗栄子の股間からピュッピュッと飛沫《しぶき》が舞った。無色透明で匂いもなかったので、ゆばりとは異なる、俗に言う潮吹き現象に違いなかった。

（これが……これが潮吹きか……）

龍平は顔を真っ赤にたぎらせて、鉤状に折り曲げた指を女の割れ目から出し入れさせた。出し入れのピッチをあげるほどに、潮吹きの勢いも増していった。飛び散る飛沫が、顔はもちろん服にまでかかったが、かまっていられなかった。腕が痺《しび》れても、責めるのをやめなかった。まるでAV男優にでもなったような気分だった。指を動かしながらクリトリスを舐め転がすと、

「はぁあうううーっ！　おかしくなるっ……おかしくなっちゃうううううーっ！」

紗栄子はさらに一段高みに昇り、五体の肉という肉を痙攣させながら、オルガスムスを嚙みしめた。拘束がなければベッドから転がり落ちたのではないかという勢いで、ビクンッ、ビクンッと、腰を跳ねさせた。

第三章　名づけ得ぬ感情

1

「ちょっと、ちょっと、手島くん」

学食でひとり、うどんを食べていると、後ろから声をかけられた。

村瀬絵里香《むらせえりか》だ。同期の二年でフリーダムでも一緒の女である。顔はけっこう可愛いが、耳障りな甲高《かんだか》い声と、おせっかいなのが玉に瑕《きず》だった。

「いったいどうしちゃったの？　最近全然学校に来てなかったじゃない？　病気でもしてたわけ？」

矢継《やつ》ぎ早《ばや》に質問をしながら、隣の席に腰をおろした。

「……まあね」

龍平は力なく答えて箸を置いた。

うどんはまだ半分以上残っていたが、食欲がなかった。意識がぼんやりしていて、見慣れているはずの学食の景色が、ひどくよそよそしく見える。

「病気っていえば病気みたいなものだよ。なーんにもやる気がしなくてさあ。病院行ったほうがいいのかなあ」

「やーねー、しっかりしてよ」

絵里香はカラカラと笑って、龍平の肩を叩いた。

「新歓キャンプの幹事でしょ。そんなことでどうするの」

「そうだな」

「実は昨日、奈美がうちに遊びにきたんだけどさ、泣いてたわよ。手島くんが全然協力してくれないって」

彼女は奈美の親友と言っていい存在で、学校の中で唯一、奈美が龍平に好意を寄せていることを知っている。みずから告白し、付き合いかけていることまで話しているようだ。

「ねえ、本当？　本当に全然協力してないの？」

「……全然ってわけでも……あるか」

龍平は苦笑した。はっきり言って丸投げの状態だった。

「ひどくない？」

「いや、悪いと思ってるんだよ……でもホントに体調悪くてさ……」

「ホントぅ？」

絵里香は疑わしげに眉《まゆ》をひそめながら、龍平の顔をのぞきこんできた。

「もしかして、奈美となにかあったんじゃない？」

「なにかって……なにもないよ……」

龍平は焦《あせ》った。絵里香の表情が妙に真剣だったからだ。

「幹事になかなか協力できないのは、彼女と喧嘩したからってわけじゃない。体調なんだよ、体調」

「嘘じゃないのね？」

「本当だって」

「じゃあ、わざと冷たくしてるわけじゃないんだ？」

「そんなわけないじゃないか……」

龍平が気まずげに顔をそむけると、絵里香はテーブルに頰杖《ほおづえ》をつき、わざとらしくハーッと深い息を吐きだした。

「どうするつもり？」

「なにが？」

「奈美のこと。付き合うつもりあるんでしょ？」

「あるよ。てゆーか、俺的にはもう付き合ってるんだよ」

「じゃあ、もっとデートに誘ってあげなさいよ。ううん、その前にメールや電話ね。それくらい、体調悪くたってできるでしょう?」

「いや、まあ……わかってるけどさ……」

龍平は口ごもった。彼女のようにモテるタイプと正面から向きあうためには、こちらにもそれ相当の準備が必要なのである。

「それよかさ……」

咳払《せきばら》いをして声音を変えた。

「前から村瀬に訊きたいと思ってたことがあるんだけど……」

「なによ、もったいぶって」

「守川の元カレって、どういうタイプか知ってる?」

「えっ……」

絵里香の顔がひきつった。

「それは……よく知らないなあ……なにしろあの子はモテるから……」

あからさまに動揺し、眼を泳がせている彼女を見て、龍平は嫌な予感を感じずにはいられなかった。つまり、イマカレの耳には入れたくないようなタイプと付き合っていたということだろう。

「教えてくれよ」

龍平は絵里香の腕をつかんだ。

「表面的には彼氏がいないフリしてたけど、実は裏では派手にやってたのか？　短期間に男を渡り歩いたり……それとも不倫とか……」

「言えない！　言えるわけないでしょ、そんなこと！」

絵里香は首を横に振ったが、頑《かたく》なに首を振れば振るほど、奈美に対する疑惑はふくらんでいった。不倫どころか、二股や三股をかけていたことだって考えられる。

「教えてくれ、この通りだ、どんな話だって俺は冷静に受けとめるから」

「落ち着きなさいよ、手島くん」

絵里香は龍平の手を振りほどくと、必死になってつくり笑いを浮かべた。

「どんな人にだって、過去ってものはあるわけじゃない？　それを詮索するなんて、ちっちゃい男のすることだと思うよ。いいじゃないの、いまが幸せなら。羨《うらや》ましいぞ、あんな美人と付き合えるなんて」

「いや、しかし……」

「いいから！　過去なんて忘れちゃって、デートに誘いなさい。奈美だって、それを待ってるんだから」

絵里香は言いたいことだけ言い終えると、ミニスカートを翻《ひるがえ》して去っていった。取り残された龍平は、深い溜息でももらすしかなかった。

2

午後の授業はサボることにした。

単位の厳しい語学の授業だったが、教室で奈美と顔を合わせるのを避けたのだ。幹事の仕事を彼女ひとりに押しつけていることを詫《わ》びるつもりだったのに、絵里香とよけいなやりとりをしたおかげで、どんな顔をして会えばいいのかわからなくなってしまった。


大学から駅に向かわず、知らない道をあてどもなく散歩した。

先週まであれほど咲き誇っていた桜も、いまは盛りを過ぎて葉桜になっている。

季節の変化が驚くほど速い。

公園があったので、龍平は葉桜の下のベンチに腰をおろした。

「デートに誘ってやらなくちゃな……その前に幹事の打ち合わせか……」

わざと声を出して独りごちてみたものの、まるでテンションがあがってくれなかった。

絵里香によれば、奈美はデートに誘われるのを待っている。友達に愚痴《ぐち》らずにいられないほど誘いがないことに焦《じ》れているということは、彼女の好意は偽物ではないということだ。本来なら小躍りして喜ぶべきところなのに、気分が沈んでいく一方なのだから、かなり重症かもしれない。

こうなったら、奈美を相手に童貞を捨てるという手もあるか、と考えてみる。

とても無理だ。

その結論に達するまで、五秒とかからなかった。

見ず知らずの女、それも欲求不満の人妻や、M女志願の変態性欲者を相手にしてもうまくいかないのに、奈美を相手にセックスができるわけがない。

ポケットから携帯電話を取りだした。メールの受信履歴を眺めると、竹井紗栄子の名前がずらずらと並んでいた。

三日前に新宿のホテルで会って以来、何通メールを貰ったか数えきれない。

【今日は本当にありがとうございました】

事後、最初に貰ったメールは丁寧なお礼で始まっていた。

【正直に言えば、お会いするのは少し怖かったですが、勇気を振り絞ってよかったです。まさかあれほど気持ちよくなれるなんて……お恥ずかしい話ですが、三十一年間生きてきて、初めて経験するめくるめく恍惚《こうこつ》でした……】

紗栄子はメールだと饒舌《じょうぜつ》だった。その後も、延々と讃辞が続いた。

しかし、龍平はメールを返さなかった。

返せなかったと言ったほうが正確かもしれない。

三日前のことをぼんやりと思い返してみる。手足を拘束した紗栄子にクンニリングスを施《ほどこ》し、生まれて初めて女が「イク」現場を目の当たりにした龍平は、彼女が絶頂に達しても女性器から口を離すことができなかった。真珠色の肉芽を執拗《しつよう》に舐《な》め転がし、三十一歳の人妻を連続オルガスムスに追いこんだ。

「もう許してえっ！　おかしくなるっ……おかしくなっちゃううううーっ！」

甲高い声で絶叫しながら全身を痙攣《けいれん》させる紗栄子の姿は、ＡＶであっても滅多にお目にかかれないほどふしだらで、いやらしく、男を狂わす魅惑に満ちていた。龍平は顎《あご》が痛み、舌が痺《しび》れるのも厭《いと》わず、夢中になってクンニリングスを続けた。やりすぎだと思っても、どうしてもやめられなかった。

異変が起こったのは、彼女が五回目か六回目の恍惚に達したときのことだ。

暴発してしまったのである。

クンニリングスをするためにベッドに腹ばいになっていたから、股間がベッドにあたっていた。窮屈なジーパンに閉じこめられたペニスが苦しくてならなかった。無意識の動きでベッドに股間をこすりつけているうちに、我慢が限界を超え、男の精をブリーフの中にぶちまけてしまったのだ。

「おおおっ……おおおおっ……」

唐突にクンニリングスを中断し、股間を押さえて悶絶《もんぜつ》しはじめた龍平を見て、

「……どうしたんです？」

驚いた紗栄子が眼を丸くして、心配そうにささやいた。

「なんでもない……なんでもないんだ……」

龍平はくしゃくしゃになった顔を左右に振った。額から脂汗が滲《にじ》み、眼尻は涙で濡《ぬ》れていた。みじめだった。情けなかった。もちろん、プレイは中断だ。ズボンを脱いで暴発した痕跡を見つかるわけにはいかなかったので、時間はまだ充分残っていたのに、仮病を使ってすごすごとホテルをあとにするしかなかった。

「……ふうっ」

葉桜を見上げ、深い溜息をもらす。

紗栄子が送ってきたメールには、こんなものもあった。

【ひとまわりも年下の大学生なのに、女の扱いに慣れているんだな、って感心しました。いいえ、ご主人様に向かってそんな口のきき方は失礼ですね。でも、お若いのに自分の欲望をとことん我慢して、結合も射精もしないまま、わたしばかりを高めてくれたそのやり方に、感激してしまいました】

違うのだ、と言う他なかった。

女の扱いに慣れているなんて、見当違いもはなはだしい。

龍平がＳＭ系サイトにもぐりこみ、サディストのフリまでしてＭ女志願の人妻と会った目的は、ただセックスをすることだった。言いなりになる女と体を重ねて、童貞を捨てることだけだった。結合しなかったのは服を脱ぐ前に射精してしまったからであり、こちらとしては悔やんでも悔やみきれないアクシデントだったのである。

携帯電話がメールの着信を知らせるメロディを奏で、龍平はビクッとした。

紗栄子からだった。

【どうしてお返事をいただけないのでしょうか?】

そんな切実な訴えで始まっていた。

【やさしい言葉をかけてもらおうなんて思ってません。またすぐにお会いしたいというのもわたしのわがままだとわかっています。でも、これ以上の放置プレイは、どうか許していただけないでしょうか。わたしのことが気に入らなかったのかもしれない、もう二度と会えないかもしれないと思うと、夜も眠れません。前回はわたしばかり気持ちよくしていただいたので、次はわたしがご主人様にご奉仕する番だと思っています。なんでも、どんな命令でも、従順に従います。仕事中以外は、いつでも時間をつくります……ですから、もう一度……もう一度、ご主人様に会わせてください】

眼の前にひろがる長閑《のどか》な公園の景色と、読んでいる文章のギャップに眩暈《めまい》を覚える。

時刻は午後一時半だった。紗栄子は今日は仕事のはずだから、昼休みを使ってメールを打ってきたのだろうか。デパートの制服姿のまま、せつなさに身をよじりながらこんな文面を綴《つづ》ったわけか。

想像すると、苦笑がもれた。

滑稽《こっけい》と言えば滑稽だし、可愛いと言えば可愛い。

ひとまわりも年上のくせに、どこまで無防備なのだろう。いっそピュアと言いたくなるほど、欲望に対して真摯《しんし》なのだろう。

もう一度会ってみようか、と思った。

彼女からのメールにレスをしなかったのは、暴発したことを気づかれているのが恥ずかしかったからだ。しかし、どうやらそれは杞憂《きゆう》のようだし、たとえ気づいていたとしても、気づかないフリをしてくれるつもりなのかもしれない。

彼女は大人だった。あるいは、ズボンの中での暴発など気にならないほど、この前与えたオルガスムスが鮮烈だったのかもしれない。つまらないことで龍平を傷つけるより、再びめくるめく恍惚を味わいたいという欲望のほうが、ずっと強いのだろうか。

「どんな命令でも……従順に従ってくれるのか……」

次は自分が奉仕する番だという紗栄子の言葉が、もう一度会いたいという気持ちを後押しした。極端な話、会った瞬間にセックスをさせてくれと言っても、従うということである。これ以上ない、童貞を捨てるチャンスなのである。

3

トワイライトタイムの銀座はキラキラしていた。

夜の帳《とばり》が落ちていく薄暗い街の景色に、ネオンや照明が鮮やかに輝いて、ゴージャスなナイトタイムの訪れを告げている。

地方出身の貧乏学生である龍平にとって、銀座は縁のない街だった。

通りに軒《のき》を連ねているのは、入口にガードマンの立ったスーパーブランドの路面店や宝石店、あるいは間違って入ってもつまみだされそうな高級レストランだ。

なにより、行き交う人たちの人種が違う。

タイトスーツをぴたりと着こなしたキャリアレディや、ファッション雑誌から抜けだしてきたようなお嬢様がそぞろ歩く姿は、他の繁華街にはないセレブめいた匂いが漂《ただよ》っていて、尻込みしたくなる。

龍平の目的は紗栄子の働いている五越デパートだった。

公園のベンチでノートパソコンを取りだして一時間、さらにマックに移動して二時間かけて、シナリオを練りに練ってきた。

それほど会いたいなら突然職場を訪れてみたらどうだろうと考えたのが始まりだった。

デパートで働いている三十一歳の人妻は、突然眼の前に現れたご主人様に対して、どう反応するだろう。こっそり尻を触ったりしても、こちらはご主人様なのだからかまわない。いや、もっと卑猥《ひわい》ないたずらをして翻弄《ほんろう》すれば、彼女のM心はくすぐられ、デパートの制服の下でショーツをびしょびしょに濡らすかもしれない。考えるほどにアイデアは湯水のようにあふれ、マックの席で痛いくらいに勃起してしまった。

（驚くだろうな、きっと……）

デパートに着くと、内心でほくそ笑みながらエレベーターに乗りこんだ。デパートの販売員といえば、笑顔で接客が基本だろう。その笑顔がひきつるところを想像すると、胸の高鳴りが抑えきれない。

紗栄子が働いているのは、紳士服売り場と聞いている。その階でエレベーターを降り、広いフロアを歩きまわった。さすがに高級感があり、洗いざらしのパーカーにジーンズ姿の龍平は、場違いもいいところだった。おまけに、真っ黒いサングラスまでかけている。

五越デパートを訪れたのは初めてだったが、平日のせいか客も少なく、イメージしていたよりずっと静謐《せいひつ》な雰囲気だった。

シナリオではズボンを買うフリをして紗栄子を試着室に引きずりこんでやることになっていたが、これでは無理かもしれない。試着室はどこも目立つ場所にあるから、紗栄子とふたりで入ったりしたら不審に思われるに違いなく、そもそも彼女が拒《こば》むだろう。なにか代案を用意した方がよさそうである。

フロアを二周ほど歩きまわったところで、紗栄子を発見した。同じ制服を着た若い後輩になにやら指示を出し、きびきびと働いている。

龍平は、金縛りに遭ったように固まってしまった。

制服姿の紗栄子が放つオーラに圧倒されてしまったからだ。

単に美人だというだけではなく、大人の街である銀座にある、高級感あふれるデパートのフロアに違和感なく溶けこんでいた。アップにまとめた黒髪も清楚《せいそ》で、濃紺のスーツにスカーフの制服がすこぶるよく似合っている。

その凜とした横顔には職業夫人としての誇りと厳しさが同居して、侵犯しがたいなにかがあった。とてもではないが、M字開脚に拘束されて潮を吹いていた女と同一人物には見えない。

(こんな綺麗な大人の女に……俺はクンニで潮吹きを……)

新宿のホテルでの顚末《てんまつ》を思いだすと、興奮よりも畏怖《いふ》の心境に陥《おちい》った。なんて大それたことをしてしまったのだろうと、自分で自分が怖くなった。

若い後輩が指示を受けて去っていくと、紗栄子は近くの棚の前でしゃがみこみ、セーターやポロシャツを丁寧に畳み直しはじめた。手つきも手際も、プロっぽかった。

「……っ!」

しばらくして、紗栄子がこちらに気づいた。商品を探している客だと思ったのだろう、にっこりした営業スマイルを浮かべて顔をあげたのだが、次の瞬間、瞳が凍りついた。なにかを言いかけた唇がわななき、怯《おび》えたようにきゅうっと眉根を寄せた。

その表情の変化が、龍平を金縛りから解放した。サディストを演じるスイッチが入ったのだ。脳裏に紗栄子がオルガスムスに達したときの顔が生々しく蘇《よみがえ》ってきて、足元から自信がこみあげてきた。

「なにか……お探しでしょうか?」

わざとらしく笑顔をつくった紗栄子を、サングラス越しに睨《にら》みつけた。無表情のまま二、三秒も睨んでいると、紗栄子はそわそわと落ち着かない素振りで立ちあがった。龍平は、ついて来いというふうに顎をしゃくって歩きだした。

紗栄子は戸惑《とまど》いきっていた。背中を向けていても足音でそれがわかった。だが、ついてきている。龍平は異様な高ぶりを覚えながら階段を目指した。

その脇にトイレがあるのは、先ほどフロアをまわったときに確認済みだった。男子トイレをのぞくと、おあつらえ向きに誰も入っていなかった。トイレとフロアを繋《つな》ぐ細い通路で紗栄子がやってくるのを待ち、もう一度顎をしゃくってついてくることを指示した。

男子トイレの個室に入った。

紗栄子が焦りきった表情で飛びこんでくる。

「……どうして？」

扉を閉めると、眉尻を垂らした泣き笑いのような顔で言った。

だが、龍平はおしゃべりに来たわけではない。紺色の制服に包まれた紗栄子の体はたまらなく女らしく、抱きしめてやりたかったが、親愛の情を示すためにこんなところに呼びだしたわけでもなかった。

無言のまま、肩を押さえてその場にしゃがませた。

狭い個室の中だ。ひどく窮屈だったが、それが逆によかった。しゃがんだ彼女の眼と鼻の先に、龍平の股間がきた。

ベルトをはずし、ファスナーをさげた。その二、三秒の間に、ペニスはむくむくと隆起した。ブリーフをめくると、勃起しきった状態で紗栄子に裏側をすべて見せた。

「えっ……えええっ？」

紗栄子は困惑に声を震《ふる》わせた。いまにも泣きだしそうな表情で、そそり勃ったペニスと龍平の顔を交互に見る。

舐めるんだ、と言わんばかりにペニスを紗栄子の顔に近づけた。狭い個室の中では、彼女に後退《あとずさ》るスペースはない。

「許して……」

美しい切れ長の眼に涙を浮かべて訴えてきたが、龍平は首を横に振った。

紗栄子は大きく息を呑み、ゆっくりと吐きだした。そうしつつ、視線を宙に彷徨《さまよ》わせている。

龍平には彼女の頭の中が見えるようだった。ここは彼女にとって神聖な職場であり、淫《みだ》らな行為に耽《ふけ》っていい場所ではない。だが、頭の中では、新宿のホテルでのプレイを思いだしている。もう一度、あの快感を味わいたいと願っている。いや、龍平との関係を続けていれば、あのときよりさらに濃密で衝撃的な恍惚さえ経験できると確信していることだろう。

だから、いまにも泣きだしそうな顔をしつつも、ペニスを握りしめたのは必然だった。きりきりと眉根を寄せ、唇を割りひろげて舌を差しだした。はちきれんばかりに膨張し、ズキズキと熱い脈動を刻んでいる十九歳のペニスの角度を調整し、亀頭の裏側から、ねろり、ねろり、と舐めはじめた。

「むううっ……」

龍平は腰を反《そ》らせた。サングラスをしてきて本当によかった。あまりの快感に目頭が熱くなり、サングラスの下で、龍平もまた、いまにも泣きだしそうな顔になっていた。

「うんっ……うんっ……」

紗栄子は鼻息がはずまないように注意しながら、舌を躍らせた。さすが三十一歳の人妻と言うべきか、一度舐めはじめてしまえば、もう躊躇《ためら》いはなかった。ねろねろと亀頭を舐めまわしては、唇に浅く咥《くわ》える。チュパチュパと口から亀頭を出し入れしつつ、根元をしごいてくる。

龍平は、自分の顔が燃えるように熱くなっていくのを感じた。

紗栄子の舌使いはうまかった。知保など比べものにならないほどねっとりと濃厚で、舌が亀頭に吸いついてくるようだ。

おまけに指使いもいやらしい。生温かくヌルヌルした舌の感触と、女らしい細指が根元をしごく刺激が卑猥すぎるハーモニーを奏で、早くも射精欲が疼《うず》きだしてしまう。

それでよかった。

今日は最初から、我慢するつもりはなかった。

童貞の自分が刺激に弱く、いわゆる早漏の気があるらしきことはもうわかっていたし、紗栄子が仕事中であることを考えれば、早漏を逆手にとって早々に口内射精をしてしまおうという心積もりでいた。

「うんぐっ……」

紗栄子が上目遣いに見上げてきた。

龍平が彼女の頭を両手でつかんだからだ。頭をつかんでぐいぐいと股間に押しつけ、さらに深く咥えこませようとした。このまま出すという意思表示だった。

「うんぐっ……ぐぐぐっ……」

紗栄子は清楚な美貌をつらそうに歪《ゆが》めつつも、龍平の意図を察したらしい。双頬をべっこりとへこませて、しゃぶってきた。それも、口内で大量に分泌した唾液ごと、じゅるっ、じゅるるっ、と淫らな音をたてて吸いしゃぶり、同時に舌も激しく動かした。

「むむむっ……」

龍平は歯を食いしばって声をこらえた。痛烈な快感に両膝がガクガクと震えだし、腰がどこまでも反り返っていく。

早く出すつもりでいたくせに、直前になるともっと彼女の舌と唇を味わっていたくなった。それほど紗栄子のフェラチオは絶品だった。しかし、ペニスの中でもっとも敏感なカリのくびれを、唇の裏側のつるつるした部分でこすられると、もうダメだった。

生温かい紗栄子の口内で爆発した。煮えたぎる男の精を、ドピュッと勢いよく噴射した

――つもりだった。

「んんんーっ！」

その瞬間、紗栄子はチューッと音をたてて鈴口を吸ってきた。双頬を卑猥にすぼめた顔で、思いきり吸引してきたのだ。

「おおおっ……」

龍平はたまらず声をもらし、したたかに身をよじった。

噴射するスピードよりも速く吸引され、ペニスの芯《しん》が燃えあがった。ドクンッ、ドクン

ッ、と射精の発作が起こるたびに、痺れるような衝撃が、頭のてっぺんまで響いてきた。サングラスの下でぎゅっと眼をつぶると、眼尻に歓喜の熱い涙が滲んだ。

4

紗栄子は龍平が吐きだしたものを一滴残らず嚥下《えんか》すると、おずおずと立ちあがった。入れ替わるように、龍平が便座に腰をおろす。ハアハアとはずむ呼吸を、懸命に整えた。ほとんど放心状態で、呼吸を整えること以外なにもできなかった。

だが、必死になって気を取り直した。

このまま紗栄子を元のフロアに戻すわけにはいかなかったからだ。

個室の扉を開けようとする紗栄子の手をつかみ、制服のタイトスカートに包まれた尻を撫《な》でた。たまらない丸みが興奮を運んできて、放心状態からなんとか復活する。

紗栄子は驚いた顔で龍平を見ると、「いや」と声を出さずに唇を動かした。フェラチオで抜いてあげたんだからもういいでしょう、と言わんばかりだった。

その態度が、龍平を完全に覚醒させた。M女志願の性奴隷《どれい》の態度ではなかった。変態性欲者が集うSM系サイトに出入りし、いじめてもらえるご主人様を探しているような女に、拒否権などあるはずがない。

無遠慮な手つきでスカートをめくった。

紗栄子はいやいやと身をよじったが、早く仕事に戻らなくてはいけないという理由だけで、抵抗したわけではないようだった。彼女はショーツを着けていなかった。極薄の黒いパンティストッキングを直穿《じかば》きにしていた。つまり、龍平と連絡がとれなくなってなお、ノーパンの股間を疼かせながら仕事をしていたということである。

龍平がジロリと見上げると、

「くぅうっ……」

紗栄子は悪戯《いたずら》を先生に見つかった少女のような顔で、唇を噛《か》みしめた。

龍平はどういうつもりなんだと視線で訊ねながら、極薄の黒いナイロンに草むらを透かせている股間に手指を伸ばしていった。

濡れていた。

びしょ濡れだった。

勤務中にトイレに連れこまれてフェラチオを強要され、これほど濡らしてしまうなんてまさにドMの面目躍如《めんもくやくじょ》である。

龍平はパーカーのポケットからあるものを取りだし、ストッキングの中に入れた。白いローターだった。ウズラの玉の形をした無線式ローターを、ヴィーナスの丘の下にあてがってスカートを元に戻した。個室の扉を開け、紗栄子を外に出した。

紗栄子は焦った。このまま営業フロアには戻れない、という心の叫びが聞こえてくるような顔で、すがるように龍平を見た。

しかし、ここは男子トイレだ。留まっているわけにもいかず、出ていくしかない。龍平もズボンを直し、すぐに後を追いかけた。女子トイレに入ろうとした紗栄子の腕をつかみ、紳士服売り場のフロアに向けて背中を押す。

「勝手に出したら、二度と会わないぞ」

「ううう っ……」

紗栄子は恨みがましい眼を龍平に向けてから、フロアに戻っていった。濃紺の制服に包まれた双肩が小刻みに震え、後ろ姿からでも心臓が早鐘を打っているのがはっきりと伝わってきた。

彼女のストッキングの中に入っているローターは、この前新宿のホテルで使ったものだった。紗栄子はだから、その威力を知っている。ほんの小さな球体でも、ジィージィーという震動がクリトリスを直撃すれば、どれほどの快楽が体の芯を貫いていくかを覚えている。

龍平はさりげなくあとをつけつつ、パーカーのポケットに手を突っこんだ。そこにはもちろん、ローターを操作するためのリモコンが忍んでいる。紗栄子との距離は、四、五メートル。無線が届くかどうかわからなかったが、スイッチを入れてみた。

次の瞬間、紗栄子はビクンと伸びあがり、その場にしゃがみこんだ。両膝を抱えつつ、滑稽な動きで丸々と量感のある尻を揺らした。

「どうかしたの？」

通りがかった年配の女性販売員が紗栄子に声をかけたので、龍平はスイッチを切った。

「なんでも……なんでもありません……」

紗栄子はひきつった笑みを浮かべ、震える声で答えた。

年配の販売員が通りすぎていくと、紗栄子は首をひねって龍平を見た。信じられないという風情《ふぜい》で唇を震わせ、瞳を凍りつかせている。

龍平はサングラスをはずし、ニヤニヤと笑みを浮かべながら近づいていった。その行動が意外だったらしく、紗栄子は悲鳴をあげそうな顔をした。

「すいません。下着はどこにありますか？」

龍平は軽やかに声をかけた。サディストのご主人様を演じているときとは声音を変え、いまはただの大学生だと眼顔で示す。

「えっ……えぇっ……」

紗栄子はしどろもどろになりながら立ちあがった。

「下着というのは……紳士の……」

「ブリーフですよ」

思いつきだったが、なかなかいいアイデアだと龍平は思った。

「僕が自分で穿くブリーフが欲しいんです」

「でしたら、この奥の……」

紗栄子は手を挙げて売り場を示したが、

「案内してくれませんか」

龍平は有無を言わさぬ口調で言った。

「てゆーか、僕、デパートでブリーフ買うのなんて初めてだから、選ぶの手伝ってほしいな。そういうのって無理ですかね？」

「かまいません……けど……」

紗栄子は営業スマイルをつくりながらも、双頬を思いきりひきつらせていた。猫背になり、情けない中腰になって、せっかくのノーブルな制服姿を台無しにしている。

「じゃあ、お願いします」

龍平は紗栄子をうながして歩きだした。黒いパンプスを履いた紗栄子の足は、一歩一歩慎重に前に運ばれた。パーカーのポケットに突っこまれた龍平の手をチラチラと見ながら、猫背のまま前に進む。もちろん、股間のローターが震えだす恐怖に怯えきっているのだ。

「こちらです……」

紗栄子が案内してくれた下着売り場は、幸運なことに、フロア最奥のひっそりしたところにあった。大きな柱の陰に隠れて、他の販売員や客から死角になっていた。

「どういったタイプがご希望でしょうか？　普通のブリーフか、ボクサータイプか……」

「逆にどういうタイプがオススメですかね？」

龍平は下着の棚を見渡した。

「彼女に気に入られるようなやつを穿いていたいんですよ。やっぱり、前がもっこりしたビキニタイプでセックスアピールしたほうがいいかなあ」

「それは……お相手次第じゃないでしょうか……」

「相手はね……」

龍平は意味ありげに声をひそめ、紗栄子を睨《ね》めつけた。

「三十一歳の大人の女性ですよ。美人なんですが、かなりエッチな人でねえ……」

紗栄子は息を呑んで顔をこわばらせている。

「ガーターストッキング着けたり、パンストを直穿きにしたり、きわどいことばかりしてるらしいんです。だから、こっちも負けずにパンチの効いたのを穿こうかなあと。ふふっ、正直言うとね、今夜にも初めてベッドインできそうなんです」

ひきつっていた紗栄子の頬が、ピンク色に染まった。

「やっぱり初めてのベッドインともなれば、格好いいブリーフで決めたほうがいいでしょう？　女心ってそうじゃないんですか？」

「そ、それは……」

紗栄子が顔をそむけたので、龍平はポケットの中でローターのスイッチを入れた。

「くっ！」

紗栄子は背中を伸びあがらせ、手で口を押さえた。腰が砕けたが、しゃがみこむことはできなかった。龍平が腕をつかまえたからだ。

「せっかくだから選んでもらっていいですか？　年上の彼女を悩殺できそうな勝負ブリーフをお願いします」

龍平は左手で紗栄子の腕をつかまえながら、左手でローターのリモコンを操作した。震動をじわじわとあげていく。弱から中へ、さらに強へ。

「くっ……くくくっ……」

紗栄子が眼を見開き、小刻みに首を振る。助けてちょうだい、と心の中で叫んでいる。腰も膝も、ガクガクと震えていた。極端な内股になって、太腿《ふともも》をこすりあわせる仕草がたまらなくいやらしい。

「ねえ、どれがいいですか？　やっぱりビキニ？　素材はシルク？」

龍平は訊ねながら、ローターのリモコンを操った。強から中へ、弱に戻すと見せかけてまた強へ。

「くっ……あああっ……」

いよいよ紗栄子が崩れ落ちそうになると、スイッチを切った。

「早く選んでくださいよ。それとも、これってセクハラですか？　男の販売員さんを呼んできたほうがいいのかなあ」

「わ、わかった……わかりました……」

紗栄子は額に脂汗を浮かべて言うと、棚から商品をひとつ取った。他の販売員の前でローターのスイッチを入れられたらたまらない、と顔に書いてある。

「こちらなんていかがでしょうか？」

「ええっ？　なんの変哲もないボクサーブリーフじゃないですか。色も地味なグレイだし。これで、年上の女性にアピールできますか？　真面目に選んでくださいよ」

股間の刺激に気をとられるあまり、まともにチョイスしなかったことは明白だった。龍平は罰として、ローターのスイッチを入れた。

「ひっ……ううっ……」

紗栄子は眼を白黒させながら、腰をくねらせた。苦しまぎれの動きだったが、人に見られたら仰天されるに違いない卑猥なダンスだった。ここが死角でなければ、彼女の上司が飛んできたに違いない。

龍平はローターのスイッチを切った。

腕時計を見ると、時刻は午後七時をまわっていた。このデパートの営業時間は八時までだ。早ければ八時半、遅くても九時には、紗栄子は仕事から解放されるだろう。

ハアハアと息をはずませている紗栄子の耳元に口を近づけ、

「外で待ってる」

低く絞ったサディストの声で言った。

「仕事中も、着替えてからも、股間からローターははずさないように。命令をきけない場合は、二度と会うことはない」

「ううう……」

恨みがましい眼を向けてくる紗栄子に背を向け、龍平は足早にその場をあとにした。

5

予想より早い八時十五分に、紗栄子は従業員専用の出入り口から姿を現した。

電信柱の陰に隠れている龍平を、焦った顔でキョロキョロと捜す振る舞いが、なんだか可愛らしい。

龍平は先ほどベッドインを予告している。それが待ちきれないという顔だった。彼女は欲情していた。股間にあてがわれたローターが、たとえ震動しなくても、女の急所を刺激していわけだから、仕事に励みながらもさぞや欲情を揺さぶられつづけたことだろう。

龍平がサングラスをかけて電信柱の陰から姿を現すと、紗栄子は安堵と緊張の入り混じった顔で大きく息を呑んだ。

意外だったのは、妙にセクシーな格好をしていたことだ。

紫色のニットに白いタイトミニ、白と金のコンビのハイヒール。新宿のホテルで会ったときはもっと落ち着いた格好をしていたのに、ニットもタイトミニも体のラインを強調するようなデザインで、紫色が夜闇の中でもひどく目立つ。

龍平はいささか不安を覚えながら、ついてこい、と眼顔で伝えて歩きだした。にぎやかな銀座の街を、二、三メートル後ろに紗栄子を従えて進んだ。

目指したのは地下鉄の駅だった。初乗りの切符を二枚買って、不安に怯えている紗栄子に一枚を渡した。

改札を抜け、ホームへ続く階段を降りていく。

紗栄子の動きは鈍かった。階段もホームもたいへんな混雑で、高いハイヒールでは、歩きにくいせいもあっただろう。なにより股間のローターが気になっていることは、不自然な内股気味の歩き方から察することができた。

ふたりで電車に乗りこんだ。

まさしく立錐《りっすい》の余地もない満員で、乗客同士の体がほとんど密着していた。

「どこに……どこに行くんですか？」

紗栄子が耳元でささやいてくる。

龍平は答えなかった。目的地はこの満員電車だったからだ。今日のシナリオの白眉《はくび》となるシーンだった。デパートではさすがに無茶はできなかったが、ここなら多少の恥をかかせても社会人生命を脅《おびや》かすまでには至らないだろう。

サングラス越しにニヤリと笑いかけてやると、紗栄子は龍平の思惑を察したようだった。清楚な美貌からサーッと血の気が引いていき、次の瞬間、ぐにゃりと歪んだ。

もちろん、龍平がローターのスイッチを入れたからである。

「んんんっ……ゆ、許して……」

龍平の腕にしがみついてきた紗栄子は、震える声を絞りだした。震動はまだ弱だったが、電車の揺れにまぎれて身をよじっている。腕をつかんだ手指に、どんどん力がこもっていく。

感じていることはあきらかだった。

それくらいのことは、童貞の龍平にもわかった。清楚な美貌を苦悶に歪めつつも、新宿のホテルでオルガスムスをむさぼっていたときの表情が、チラリ、チラリ、と現れる。眉間《みけん》に刻んだ縦皺《たてじわ》や、わななく唇から、発情しきった獣の牝《メス》の匂いが漂ってくる。ただローターの責めに感じているだけではなく、満員電車の中でされていることにマゾヒスティックな欲望を揺さぶられているのだ。

スイッチのオンオフを繰り返しているうちに、次の駅に到着した。

満員の乗客がホームに出て、また入ってくる。その流れに身を任せていると、龍平の眼の前で座席が空いたので、腰をおろした。紗栄子は眼の前で立っている。龍平の腕をつかむことができなくなったので、両手でつり革を握りしめた。電車が動きだすと、龍平は再びローターのスイッチを入れた。

「くっ……くくうっ……」

紗栄子が唇を噛みしめながら、睨んでくる。

ぞくぞくするほどいやらしい表情だった。座席に座ってつり革につかまった姿を見ていると、惚れぼれするくらいスタイルも抜群だ。

抱きたい、という耐え難《がた》い衝動がこみあげてきた。もはや童貞喪失は手の届くところにあった。このまま満員電車の中で骨抜きにするまでローターで追いこみ、ラブホテルに行けばいいだけなのだ。しかも、もう前二回と同じ過ちは犯さないような布石《ふせき》まで、きっちり打ってある。

デパートで紗栄子の口の中に射精を遂げたのは、早漏防止のためだった。一度出しておけば、さすがにズボンを脱ぐ前に暴発することはないだろう、練りに練った今日のシナリオに隙《すき》はなかった。興奮しすぎて暴発し、すごすごと童貞喪失の場面から逃げだしたりするのは、もうごめんだ。

龍平はポケットから携帯電話を取りだし、眼の前で身悶《みもだ》えている女にメールを打った。

【ずいぶん気持ちよさそうな顔をしてるな。だが、あんまり牝の匂いを振りまくと、まわりに気づかれるぞ】

紗栄子がハンドバッグから携帯電話を取りだし、龍平からのメールを見る。

【もう許してください】

と震える指でメールを打ってくる。

【ダメだ。我慢できずにしゃがみこんだりしたら、置いてけぼりにするぞ。そのかわり、きちんと耐え抜いたら、ご褒美をやる。この前みたいにクンニだけじゃなく、ビンビンになったチンポを入れてやる】

メールを読んだ紗栄子は、紅潮した顔で大きく息を呑んだ。ローターのスイッチを切っていたときだったのに、白いタイトスカートに包まれた腰をくねらせ、パンプスの中で指を丸めている。抱かれるときのことを想像していることが一目瞭然な態度に、龍平も興奮した。愛撫を施すように、ローターのスイッチを切っては入れ、入れては切る。

ところが、その直後……。

勝ち誇った気分でいた龍平に、冷や水をかけるようなアクシデントが起こった。

「ううっ……」

紗栄子の美貌がにわかにひきつった。なんだか様子がおかしかった。ローターのスイッチを切ったところなのに、腰の振り方が大きい。いやいやをするように身をよじり、しきりに息を呑みこんでいる。

濡れた瞳を左右に振り、視線でなにかを伝えてきた。

龍平は紗栄子の視線をさりげなく追ったが、なにも異変はなかった。一日の労働に疲れきった中年サラリーマンが、折りたたんだ新聞を読みながら、そこに立っているだけだった。

紗栄子がメールを打ってくる。

【痴漢《ちかん》されています！　お尻にいくつも……手が……】

龍平はサングラスの下で眼を剝《む》いた。よくよく観察してみれば、まわりの中年サラリーマンたちは、不自然なほど紗栄子に身を寄せていた。両隣だけではなく、後ろの乗客も紗栄子の後頭部に顔がくっつきそうな距離にいる。

彼らが紗栄子を触っているのだ。

二、三人がかりで寄ってたかって、紗栄子の尻や太腿を撫でまわしているのである。

カアッと頭に血が昇った。

涼しい顔で新聞を読んでいるフリをしているところが、よけいに腹立たしい。

ローターは震動していないのに、紗栄子は眼の下をピンク色に染めてハアハアと息をはずませはじめた。細めた眼がねっとりと濡れて、美しい黒眼がうるうるしている。呆《あき》れるほど色っぽかった。

感じているのだ。

もちろん、直前まで股間を刺激していたローターの影響もあるだろう。しかし、痴漢の屈辱を受けているにもかかわらず、彼女は欲情を燃やしていた。身をよじっているのは、不快感の表明ではなく、むしろ逆だった。そのニュアンスの違いは、おそらく痴漢にも伝わっていた。紗栄子が撒き散らしている獣の牝の匂いが、卑劣な男たちの手指を呼び寄せてしまったと言っても過言ではないのかもしれない。

(ちくしょう……)

龍平は怒りの矛先《ほこさき》をどこにぶつけていいのかわからなくなった。痴漢が悪いのか、痴漢を呼び寄せ、あまつさえ彼らの愛撫に感じている紗栄子がいやらしすぎるのか。それとも、痴漢の存在を想定せず、満員電車でのロータープレイをシナリオに書きこんだ、自分自身の落ち度なのか……。

「いっ!」

紗栄子が眼を剝いたのは、龍平がローターのスイッチを再び入れたからだった。つり革をぎゅっと握りしめ、両脚をガクガク、ぶるぶる、と震わせている。

リモコンを握りしめた龍平の手は、汗びっしょりだった。

この感情、この行為に、どういう名前をつければいいのかわからない。

けれども激情がこみあげてきて、リモコンを操作させる。

嫉妬《しっと》でもなく、闇雲にいじめたかったわけでもない。

強いていうなら罰を与えたくなったのだ。

痴漢に尻や太腿を撫でまわされ、感じてしまっている紗栄子への罰だ。

なるほど、彼女が恋人なら、卑劣な中年男どもの胸ぐらをつかんで鉄拳制裁を浴びせることもやぶさかではなかった。

しかし彼女は、恋人ではなく性奴隷であり、自分は彼女のご主人様だ。

まずは、痴漢行為にまで燃えているいやらしさに対し、罰を与えなければならない。

「うっくっ……」

ローターのパワーを強にすると、紗栄子は身をよじりながら、足踏みをはじめた。あわあわと悶える唇からいまにも悲鳴が飛びだしそうで、手で押さえた。

龍平の両隣に座っているサラリーマンとOLが、訝《いぶか》しげな視線を紗栄子に向けている。

紗栄子は必死になって平静を取り繕い、足踏みをやめる。

さらに見物だったのが、痴漢どもの表情だ。

涼しい顔をしているつもりでも、頬が赤く上気していた。彼らはローターの存在を知らないから、自分の痴漢行為で紗栄子が感じていると思っているのだ。紗栄子を取り囲む三人とも、同じような反応を見せた。やはり三人がかりで触っているらしい。まさかチームではないだろうが、紗栄子はいま、三本の手と十五本の指、そしてジィージィーと震動するローターによって、性感を刺激されているのである。

龍平は痛いくらいに勃起していた。

おそらく、三人の痴漢も同様だろう。

狭苦しい満員電車の一角で、陶酔の時が流れた。

電車が駅に到着し、乗客が雪崩《なだれ》を打って入れ替わっても、紗栄子に痴漢している三人の男たちはポジションを死守した。乗り降りする人たちに邪魔だと舌打ちされてもかまわず、紗栄子を取り囲んで逃がさない。

紗栄子はしきりに龍平に視線を向け、もう降りましょう、と眼顔で訴えてきたが、龍平はきっぱりと無視した。

彼女から、獣の牝の匂いが漂ってきたからだ。むっと湿った発酵臭が生々しく漂ってきた。龍平の両隣の乗客も顔をしかめていたから、錯覚ではない。

痴漢の手指とローターによって、紗栄子が洪水のように発情のエキスを垂れ流していることは間違いなかった。彼女はショーツを穿いていないから、極薄のナイロンに分泌液が滲みだすのと同時に、恥ずかしい匂いが撒き散らされるのも必然だった。

6

龍平と紗栄子は、銀座から七つ目の駅である上野《うえの》で地下鉄を降りた。

乗車していた時間は、十五分かそこらであろう。それでも紗栄子は、息絶えだえだった。彼女にとってはおそらく、無限にも似た長い時間に感じられたに違いない。

地上に出ると、上野公園を目指した。

紗栄子ほどではないにしろ、龍平も普通の状態ではなかった。少し静かなところで風にあたり、頭を冷やしたかった。

ローターのスイッチは電車を降りるときに切ってあったが、紗栄子は足元が覚束《おぼつか》なく、いまにも転んでしまいそうで、龍平の腕にしがみついていた。

身を寄せあって雑踏を歩きながら、自分たちはいったい、なにに見えるのだろうと龍平は思った。恋人同士にしては年が離れすぎているし、服装に格差がありすぎる。上司と部下や姉弟にしては親密すぎる。

とはいえ、都会の雑踏では誰もが自分以外には無関心で、チグハグな雰囲気のカップルを振り返る者はいなかった。

公園に入るとさすがに視界が悪くなり、サングラスを取った。

紗栄子はとにかく休みたいようで、視線を泳がせてベンチを探していた。休みたいのは龍平も同じだったが、上野公園は予想以上に広かった。人影がないところで、静かに休めそうなベンチを探すのには骨が折れた。ようやく見つかったベンチに腰をおろすと、お互い五分ほど無言で呼吸を整えた。

「……あのう」

先に口を開いたのは、紗栄子だった。

「今日は抱いてもらえるんですよね？」

興奮の余韻《よいん》が残った横顔は、夜闇の中でも艶《なま》めかしく輝いていた。

龍平は無言を貫いたが、もちろん抱くつもりだった。山手線で上野の次の駅が鶯谷《うぐいすだに》というところで、そこには都内でも屈指のラブホテル街があるという。ひと駅なら、歩いても行ける距離なはずだ。

とはいえ、龍平はまだ心の落ち着きを取り戻していなかった。

呼吸が整っても、胸のざわめきが治まらない。

満員電車の中で痴漢に尻を触られ、感じていた紗栄子の顔が忘れられなかった。

紗栄子が自分の恋人なら、怒ればいいだけだった。「おまえは欲望を満たしてくれるなら、誰でもいいのか！」という話である。

しかし、紗栄子は恋人ではないから、単純には怒れない。そもそも、欲望を満たしてくれるなら相手など誰でもいいから、出会い系サイトにアクセスしたのだろうし、そこでひとまわり年下の大学生である龍平と知りあったのだ。

複雑な心境だった。

龍平自身にも矛盾《むじゅん》があった。

「欲望を満たしてくれるなら、誰でもいいのか！」と憤《いきどお》りながらも、そんな紗栄子に欲情していたからだ。痴漢から助けるどころか、ローターのスイッチを入れ、言ってみれば痴漢の援護射撃をしてしまったのである。

恋愛経験の乏《とぼ》しい龍平には、自分の心理さえよくわからなかった。自分を見失っていたと言ってもいい。なぜ痴漢の援護射撃などしてしまったのかわからない。だが、ローターのスイッチを操作しながら、紗栄子にも負けないくらいの興奮を覚えていたのも、また事実だった。

駅から歩いたことで勃起はいちおう治まっていたが、体の内側で悪寒が起こるような興奮までは治まっていなかった。きっかけさえあれば、ペニスはすぐに硬くなるだろう。いや、満員電車の中で顔を真っ赤にしてよがっていた紗栄子の顔を思いだすだけで、いますぐにでも勃起してしまいそうだ。

「あのう……」

押し黙ったままの龍平に焦《じ》れて、紗栄子が再び声をかけてきた。

「東京駅の近くに、夜景の綺麗なホテルがあるんですけど、そこに行きませんか？　わたし、電話番号がわかるから予約を……」

バッグからスマートフォンを出したので、

「余計なことをするんじゃない！」

龍平は胆力をこめた声で一喝した。

「痴漢に尻を撫でられて興奮している女のくせに、夜景が綺麗なホテルだと？　笑わせるんじゃない。そんないやらしい淫乱はネオンがギラギラしたラブホテルで……いや、そのへんの草むらで充分だ」

衝動的に紗栄子の手を取って立ちあがり、ベンチの裏の茂みに入っていった。あたりに人影はなかったが、ベンチの前は舗装された広い道だったので、人がやってこないとも限らない。だが、裏の茂みに入れば誰かに見つかる心配は少ないだろう。たとえ見つかりそうになっても、やりすごすための木陰がたくさんある。

「ああっ……」

暗がりで抱きしめると、紗栄子は小さくあえいだ。その声が異様に艶めかしかったので、龍平は唇を重ねた。乱暴に吸いつき、紗栄子の口内に舌を差しこんだ。ネチャネチャと音をたてて舌をからめあうと、頭の中にあったシナリオは吹っ飛んだ。

いや、ベンチを立った時点で、まともな判断力など吹っ飛んで、ただ衝動的に体を動かしていただけだった。木陰に紗栄子を連れこんだところで、どうしていいかわからないのだ。十九歳の童貞にとって、野外性交はあまりにもハードルが高すぎる。

それでも、興奮が口づけに熱をこめさせた。自分勝手に手指が動きだし、紫色のニットの上から胸のふくらみを揉みしだいてしまう。

この体は誰に愛撫されても感じる体らしい。痴漢でも、出会い系サイトで知りあった赤の他人でも、触られれば濡れまみれ、オルガスムスを求めて悶え泣く。

そんな思いが、憤怒《ふんぬ》だか嫉妬だかわからない燃え盛る感情となって、乳房を揉む龍平の手指に力をこめさせた。

「んんんっ……あああっ……」

紗栄子があえぐ。仕事中から無線式ローターでもてあそばれ、満員電車の中では痴漢の餌食《えじき》にまでなった体は、すでに限界を超えて欲情しているようだった。すぐに愛撫に反応し、淫らがましく全身をくねらせはじめた。

「本当に……本当にこんなところで……」

紗栄子が眉根を寄せて声を震わせる。ホテルに行こうと言っているようであっても、その実、期待に胸をふくらませていることが伝わってきた。紗栄子についてなにも知らない龍平だが、彼女が刺激に飢《う》えていることだけは、手に取るようにわかった。

「んんんっ……」

尻を撫でると、紗栄子は胸板に顔をあずけてきた。龍平は息を呑んで、尻を撫でまわした。ぴったりしたミニスカートを穿いているから、尻の丸みが露《あら》わだった。その丸みを手のひらで吸いとるように撫でていると、痴漢の気持ちがわかってきた。一度撫ではじめると、撫でるのがやめられなくなる尻だった。丸みがいやらしすぎて、手のひらがじっとりと汗ばんでくる。

「気持ちよかったのか？」

ハアハアと息を荒げながら言った。

「痴漢に尻を撫でまわされて、寄ってたかって慰《なぐさ》み者にされて、感じてたのか？」

「ううう……」

「正直に言うんだ」

「……か、感じてました」

紗栄子の返答に、龍平の顔は熱くなった。

「最低だな！　痴漢されて感じるなんて、ただの淫乱だ。しかも僕の眼の前で……Ｍ女の奴隷にだって、少しくらい慎みってやつがあるだろう」

「ごめんなさいっ……ううう、ごめんなさいっ……」

むせび泣く紗栄子の尻を、両手で揉みくちゃにした。龍平は痴漢ではないから、スカートをめくる自由があった。ストッキング直穿きの尻丘をつかむと、興奮に眼がくらんだ。

ざらついたナイロンと、むちむちと量感あふれる尻肉の組みあわせがいやらしすぎて、ぐいぐいと指を食いこませてしまう。

夢中にならずにいられない揉み心地だったが、それだけに淫しているわけにはいかなかった。桃割れの奥から、妖しい湿り気を帯びた熱気がむんむんと伝わってきたからだ。手指を這わせていくほどに、熱気が刻一刻と生々しくなっていく。

「んんんっ……くぅううううーっ！」

双丘の間で尺取り虫のように指を這わせていると、紗栄子が激しく悶えだした。指の刺激に反応しているだけではないようだった。濡れているのを羞《は》じらっているのだ。ナイロンが大量の汁気を吸っていた。太腿を確認すると、膝のあたりまで濡れまみれていた。

「……いやらしいな」

龍平は興奮に声を震わせた。

「いったいどれだけ濡らしているんだよ」

抱擁をとき、側にあった巨木のほうに紗栄子の手を引いていく。ゴツゴツした樹皮に両手をつかせ、尻を突きださせる。

あたりは暗かったが、鬱蒼《うっそう》と茂った木々の向こうから、外灯の白銀の光がもれ、かろうじて視界を確保できた。

極薄の黒いナイロンに包まれた紗栄子の尻は、突きだささせるとますます丸く、ひときわ量感に満ちていて、すごい迫力だった。しかし、股間に存在するローターの存在が、卑猥な景色に滑稽さを滲ませている。

ビリッとストッキングを破って、ローターを取りだした。

ヌルヌルに濡れまみれ、外灯の光を受けて濡れ光る白いローターは、なんだか女体から生みだされた卵のようだった。ほんのりと熱気を帯びたプラスチックの球体が、紗栄子のもつ欲望の塊《かたまり》に見えた。

ひとまずポケットにしまって、両手を尻の双丘に伸ばしていった。夜闇にビリビリと音をたててストッキングをさらに破り、白い素肌を剝きだしにしてやる。剝き卵のような質感をもつ尻の隆起に手のひらを吸いつかせ、やわやわと揉みしだく。

乳房より張りも弾力もある尻肉は揉み甲斐があり、指先に力がこもった。桃割れをひろげるように揉みしだけば、闇に溶けこんで視界が及ばない奥のほうから、むっと湿った獣じみた匂いがたちこめてくる。

龍平は鼻から思いきり息を吸いこんだ。

新宿のホテルでクンニリングスに没頭したときの記憶が蘇り、味わいが舌に戻ってくる。口の中に唾液があふれ、ごくりと嚥下しながら、桃割れに手指を伸ばしていった。湿り気を帯びた熱気に続き、ヌルヌルした肉ひだの感触が指にからみついてきた。

「ああああっ……」

紗栄子が腰をひねった。ローターにさんざん嬲《なぶ》り抜かれたとはいえ、指の感触はやはり違うのだろう。龍平は指を躍らせた。したたるほどに濡れた女陰は、猫がミルクを舐めるようなぴちゃぴちゃという音をたてた。

「ああああっ……はぁあああっ……」

紗栄子がしきりに身をよじる。指の動きにあわせて腰をひねり、肉づきのいい尻肉や太腿を、絶え間なく小刻みに震わせる。

もう我慢できなかった。

龍平は興奮に震える手指であわただしくベルトをはずした。ジーンズとブリーフをさげて、勃起しきったペニスを取りだした。

ＡＶではよく、こんな体位で男優が女優を犯しているから、繋がるのは不可能ではないのだろう。できることならホテルのベッドで、糊《のり》の効いたシーツの上で素肌を重ね、いわゆる正常位で童貞喪失したかったが、いまさら移動する気にはなれない。眼が眩《くら》みそうなほど興奮しきっていたし、Ｍ女志願の三十一歳もまた、このまま犯されることを期待しているような気がした。

「入れるぞ、ここで……」

そそり勃ったペニスで、剝き卵のような尻丘をピターンと叩いた。

「欲しいのか、これが……」

ピターン、ピターン、と尻丘を叩く。ただそれだけで身をよじりたくなるほどの快感を覚え、大量の我慢汁が噴きこぼれたが、サディストとして振る舞うことを忘れてはならない。

「ううう っ……」

紗栄子が振り返って、恨みがましい眼を向けてくる。

「ほ、欲しいです……」

「だったら、自分で入れるんだ」

咄嗟《とっさ》に口をついた自分の言葉に、龍平は指を鳴らしたくなった。そうなのだ。穴の位置がよくわからないので挿入に自信がなかったのだが、女に導かせればいいだけのことではないか。繋がってしまえば、きっとなんとかなる。

「聞こえないのか？　野外で犯されたがる恥ずかしい女は、自分で自分のオマンコにチンポを突っこめばいいって言ってるんだよ」

「言わないで……」

紗栄子はむせび泣きながら言った。

「恥ずかしい女って言わないでください……わかってるんです……そんなこと自分でも、よくわかってるんですから……」

ひっ、ひっ、と嗚咽《おえつ》をもらしつつ、逆Vの字にひろげた両脚の間から手を伸ばしてきた。はちきれんばかりに勃起しきったペニスを細指でつかみ、穴の入口に導いてくれる。紗栄子の割れ目は呆れるほど濡れていたが、ペニスの先端も我慢汁で濡れており、ヌルリと密着した瞬間、身震いを誘うような興奮を覚えた。

「ああっ、くださいっ……」

巨木に両手をつき直した紗栄子が、背中を向けたまま言った。

「恥ずかしいわたしを犯してっ……犯してください……」

「むううっ！」

龍平は紗栄子の腰をつかみ、ペニスを押しこんだ。ずぶりっと入った感触がたしかにあった。中はヌメヌメ、ヌルヌルしていた。締まりは思ったほどキツくなかったが、無数の肉ひだがざわめきながら吸いついてきた。

「ああっ、くださいっ……もっと奥まで犯してくださいっ……」

紗栄子があえぎながら言う。もう充分に繋がったと思っていたが、さらに奥までいけるらしい。龍平は息を呑んで、腰を突きあげた。パーンッ、と尻を叩くほど強く突きあげると、ペニスの先端がコリコリしたものにあたった。

「はっ、はぁあああっ……くぅうううううーっ！」

紗栄子が放ちかけた悲鳴をこらえる。代わりに、尻と太腿をぶるぶると震わせた。相当気持ちがいいらしい。ならばと龍平は、もう一度突きあげた。連打の勢いを利用すれば、容易に奥まで行けるようだった。

気がつけば、夢中になって腰を使っていた。ぎこちない動きだったが、快楽は本物だった。ヌルヌル、ヌメヌメした粘膜にペニスがこすれる感触が、気が遠くなりそうなほど気持ちいい。

これが女なのだ。

これがセックスなのだ。

この味を覚えれば、もう大人の男に違いない。

興奮に沸騰した脳味噌でそんなことを思った。しかし、実感を嚙みしめるまでの余裕はない。パンパンッ、パンパンッ、と豊満な尻肉をはじくほどに、ペニスが赤剝けになっていくような異様な刺激が訪れる。興奮に両膝が震えだす。女体を抱きしめたくなり、腰をつかんでいた両手を紗栄子の胸にすべらせていく。

紫色のニットの上から、乳房を揉みしだいた。ブラジャーのカップが邪魔で、すぐにニットをめくりあげ、背中のホックをはずした。カップからこぼれた乳肉を鷲《わし》づかみにし、むぎゅむぎゅと揉みつぶす。そうしつつ、渾身《こんしん》の力をこめて腰を振る。いちばん奥まで貫いていく。

「くぅううーっ！　いいっ！　いいっ！」

紗栄子が身をよじり、尻を押しつけてくる。押しつけながら左右に振る。肉と肉との摩擦感がみるみるあがって、龍平はいてても立ってもいられなくなった。

「イッ、イキそうっ……もうイキそうっ……あああっ……」

「むむむっ……」

不意に紗栄子の締まりが増し、龍平は唸《うな》った。顔が燃えるように熱くなり、体が激しく震えだす。射精の前兆がこみあげてくる。女と結合している圧倒的な興奮の前では、口内射精で一度放出したことなど簡単に吹き飛んだ。我慢できなかった。射精をこらえることも、腰振りにピッチを落とすこともできず、ただクライマックスに向け、勃起しきったペニスでずぶずぶと穿《うが》っていく。

「ああっ、イクッ……イッちゃうっ……くぅうううううーっ！」

ビクンッ、ビクンッ、と紗栄子の腰が跳ねあがり、それがひきがねになった。紗栄子の蜜でヌルヌルに濡れたペニスが、火柱のように熱くなっていく。

「おおおおおっ……」

唸り声をあげて、煮えたぎる欲望のエキスを噴射した。無我夢中で紗栄子にしがみつき、しつこく腰を振りたてた。ドクンッ、ドクンッ、と男の精を吐きだすたびに、涙が出るほどの快感が訪れた。最後の一滴を漏らしきっても体の震えがとまらず、紗栄子の体を離すことができなかった。

第四章　ステディ

1

見慣れたキャンパスの景色が輝いて見えた。

桜は葉桜となり、新入生たちは大学生活に馴染《なじ》みはじめている様子なのに、そんなふうに感じられるのは、龍平のほうに変化があったからだろう。

たとえて言えば、波に乗っているようなものだ。

湘南《しょうなん》あたりの透明度が低い海だって、サーフィンボードでテイクオフしながらであれば、銀色に輝いて見えるに違いない。

時刻は昼過ぎで、学生たちが校舎から出てきた。龍平の通う大学は、学食の建物が校舎から独立している。

キャンパスを同級生の女子グループがそぞろ歩いているのが見えた。

中に守川奈美の顔もある。

「……ああっ！」

奈美が龍平に気づいて眼を剝《む》いた。友達から離れ、ひとりツカツカと近づいてきた。

「いったいどういうつもり？」

奈美の声は怒りに震《ふる》えていた。

「新歓キャンプの話を詰めたいのに、学校には来ない、電話にも出ない、メールをしてもレスは返さない……わたしひとりに幹事を押しつける気かしら？　やる気がないなら、もう代役を立てちゃうよ！」

「悪い、悪い」

龍平は笑顔で手をあげた。

「実は体調が悪かったり、そのせいで気分が冴えなかったりで、ここのところ大スランプだったんだ。でも、もう大丈夫。迷惑かけたぶんはこれから頑張ってとり返すから」

「そんなこと言ってえ……」

奈美は鼻白んだ顔でふうっと息を吐きだした。龍平の態度が明るく、悪びれもしなかったので、毒気を抜かれたのだ。龍平的には作戦成功である。

「でも、手島くんと連絡とれないから、みんなと相談して、場所はもう決めちゃったよ。西伊豆の民宿」

「それはかまわないよ。守川に任せたんだから」

本当はオシャレなリゾートホテルのほうがよかったが、しかたがない。

「他の決定事項は？」

「まだ」

「夜のイベントとか、昼間の観光とか」

「ううん、全然」

「じゃあ、午後の授業が終わったら相談することにしよう。俺、いくつかアイデアがあるから。部室で集合な」

「……うん」

奈美はポカンとした顔でうなずいた。いままで逃げまわっていた龍平が、前向きなことばかり言うので、呆気《あっけ》にとられているようだった。

「それじゃあ、あとでね……」

何度も首をかしげながら友達のところに戻ろうとしたが、

「あっ、ちょっと待って」

龍平は呼びとめた。

「守川、イタリアンとか好きか？」

「えっ？　好きだけど……普通に……」

奈美はしどろもどろに答え、龍平は相好を崩した。

「うちの近くにさ、安くておいしい店があるんだ。ピザとか窯《かま》で焼くんだよね。迷惑かけたお詫《わ》びに、今度ご馳走《ちそう》させてくれよ」

「ご馳走って……」

奈美はどうしていいかわからないという顔をしている。

「いいわよ、そんな。これから真面目に幹事やってくれるなら、それで……」

「遠慮することないって。何事にもケジメが大切だからさ。迷惑かけたままじゃ、こっちも気がすまないんだよ」

「でも……」

「そう言わずにさ」

「……考えとく」

奈美は言い残し、友達のほうに歩いていった。いつもの歯切れのよさも、ツンと澄ました態度も影をひそめ、龍平の変化に戸惑《とまど》いを隠しきれない。

「前向きに考えといてくれよーっ！」

龍平は去っていく奈美の背中に手を振った。

達成感と満足感で胸がいっぱいだった。

これで今日の目標はきっちりと達成できた。家を出る前に決めていたのだ。奈美にきちんと謝ることと、デートに誘うことを。

いままでの龍平だったら、どちらもこれほどスマートかつ自信満々な態度で、目標を達成することができなかっただろう。

（やればできるじゃないか、俺だって……）

やはり波に乗っているのだ。

童貞を喪失し、大人の男になった勢いが自分にはあるのだ。

2

三日後の夜――。

龍平と奈美はイタリアンレストランのテーブルで向かいあっていた。

レストランといっても、ナポリ出身のご主人と日本人の奥さんがふたりで切り盛りしている、小さな家庭的雰囲気の店だ。貧乏学生でもさして懐《ふところ》が痛まない格安料金なのに、味はファミリーレストランよりもずっとおいしい。

「いいお店ね」

と奈美が言ってくれたので、龍平は安堵の胸を撫《な》で下ろした。龍平的には女子をエスコートしたい店の第一位だったのだが、奈美はモテるのでもっと素敵な店をたくさん知っているに違いないと思っていたからである。

だが、臆してはいけない。

いままでの龍平なら、奈美とふたりで食事をするだけで、手のひらにびっしょり汗をかいてしまうくらい緊張していただろう。しかし、もう童貞ではないのだから、臆することはない。堂々と食事を楽しみ、その後の展開に繋《つな》げればいいのである。

「ワインとか呑んじゃう？」

龍平が悪戯《いたずら》っぽく訊ねると、

「ふふっ、いいわね」

奈美も悪戯っぽい笑いで答えた。ふたりとも、まだ十九歳の未成年だった。コンパなどでは普通に呑んでいるが、ふたりきりだとなんだか小さな悪事を共有するような、そんな雰囲気になった。もちろん、悪くない雰囲気だった。

テーブルに料理が並ぶと、まずは腹を満たした。サラダもピザもパスタもおいしいので、自然とワインも進み、デキャンタをおかわりしてしまう。

話題は新歓キャンプのことが中心だった。

いままで幹事をサボり倒していた龍平が本腰を入れて動いたので、民宿の庭でのバーベキューパーティや花火大会などの催しが次々決まり、奈美の機嫌は悪くなかった。

「本当はさ、お見合いパーティみたいなのやりたかったんだよね」

龍平はワインの酔いにまかせて言った。

「なにそれ?」

眼を丸くした奈美の顔も、酔いでピンク色に染まっている。

「フリータイムとかあって、最後に告白するやつだよ。付き合ってくださいとか」

「やだ、なんでそんなことしなくちゃいけないの」

「だって、新歓キャンプの目的なんて結局そこじゃん? 上級生が新入生に唾《つば》つけるためにあるっていうかさ。だったらオープンにやればいいんだよ。陰でこそこそしないで」

「……ふうん」

奈美が軽蔑《けいべつ》のまなざしを向けてきた。

「今年の一年生、可愛い子ばっかりだもんね」

「ハハッ、俺的には新入生なんかに興味ないけどさ。だって俺には……」

龍平がまっすぐに眼を向けると、

「やだ……」

奈美は気まずげにうつむいた。頰《ほお》がピンクから赤に変わっていく。ワインの酔いだけが理由ではないだろう。そんな彼女が、龍平には可愛く思えてしかたなかった。そして、可愛く思えている自分に、驚かずにはいられなかった。

「手島くんって……」

奈美は照れくささを誤魔化すように言った。

「前からこんなキャラだったっけ？　なんか別人みたい」

なるほど、自分でもそう思う。

童貞時代なら、こんな余裕はなかったはずだ。サークルでいちばん美人な奈美と相対しただけで気圧《けお》され、口ごもる。視線と視線がぶつかれば、うつむいているのは自分のほうだったはずである。

だが、龍平は数日前に女を知った。それも、三十一歳の人妻の五越レディを、野外で犯して絶頂に追いこんだ。

セックスを経験したことはもちろんだが、ひとまわりも年上の女をイカせることができたことがかなり重要だった。

男としての自信を得ることができた。紗栄子に比べれば奈美など子供のようなものである、と思ってみれば、自然と心に余裕が生まれる。

「絶対変だよ。突然ふたりで食事しようとか誘ってくるし……」

「突然じゃなくて、お詫びだって言ってるじゃないか。幹事の仕事を任せっぱなしにしてた。ハハハッ、お詫びなんだから、遠慮なく食べてよ」

「食べるけど……」

奈美は言いつつも、皿に残った料理ではなく、ワイングラスに手を伸ばした。呑まずにいられないという彼女の態度もまた、いつもの彼女のキャラではなかった。いささか自棄《やけ》気味に赤い葡萄《ぶどう》酒を口に運ぶ奈美を見て、龍平は勝利の予感に胸を躍らせた。

3

店を出た。

ワインの酔いで火照《ほて》った頬を、春の生暖かい夜風が撫でていく。

奈美は白地に花柄のワンピースを着ていた。裾《すそ》が風に揺れる女らしい服だが、バレリーナのようなスタイルで背筋がしっかり伸びているから、甘い雰囲気にならない。むしろ、十九歳という年齢よりずっと大人びて見える。

「なあ」

龍平が声をかけると、

「なあに?」

先に歩いていた奈美は振り返った。背筋は伸びていても、呑みすぎたワインのせいで足元がふらついている。

「俺のアパート、すぐ近所なんだけど……寄ってく?」

「えっ……」

奈美はひきつった笑みを浮かべた。寄ってなにをするの、とでも言いたげな表情だったが、さすがに口にはしない。

「伊豆のビデオがあるんだ」

龍平は口実を用意してあった。女をその気にさせるためには、それなりの準備が必要であることを出会い系サイトで学んだのだ。

「前に旅番組でやってたやつが録画したまま残ってるから、一緒に見ようぜ。ちょうど新歓キャンプで行くあたりなんだよ」

「……へええ」

「昼間の観光スポットも、定番ばっかりじゃなくて、ひとひねりしたほうがいいと思うんだよね。いちご狩りセンターとか陶芸体験とか、その番組では紹介してたよ」

奈美は曖昧《あいまい》な顔をしていたが、龍平が自宅へ向かって歩きだすと、黙ってついてきた。やがてツンと澄ましたいつもの表情になったのは、緊張のせいだろうか。あるいは、人に弱みを見せるのを嫌う性格のせいか。

龍平のアパートまでは徒歩五分ほどだった。駅から距離があるので家賃は安いが、去年新築で入居した。ガールフレンドを招待してみじめになるようなボロではないし、間取りも十畳以上あるゆったりしたワンルームである。

「どうぞ」

玄関のドアを開け、蛍光灯をつけた。

「お邪魔します……」

奈美がおずおずとストラップシューズを脱いで入ってくる。

「ごめん、スリッパないや」

龍平は頭をかきつつも、靴から出てきた奈美の足にドキドキした。ストッキングに包まれた爪先《つまさき》というのは、なぜこれほどエロティックなのだろう。

考えてみれば、この部屋に家族以外の女があがるのは初めてだった。それが奈美であることに、感動を覚えずにいられない。

しかし、いまはそんな暢気《のんき》なことを言っている場合ではなかった。

「けっこう綺麗に片づいてるのねえ。男子の独り暮らしって、もっとめちゃくちゃなものだと思ってた」

部屋を見渡している奈美を、龍平は後ろから抱きしめた。花柄のワンピースに包まれた柔らかい体が、途端に硬くなった。

「……なにするの?」

奈美が声を震わせ、いやいやと身をよじる。

「好きなんだ」

龍平の言葉に、いやいやはとまった。

「ずっと言わなきゃって思ってた。守川に言わせっぱなしだったから……」

「酔った勢いってやつ？」

奈美が首をひねって顔を向けてくる。必死に冷静さを保とうとしている。

「そうじゃない。一年前からずっと好きだったんだ」

「嘘」

奈美の表情は険しくなっていくばかりだ。

「手島くんって、あれからわたしのこと避けてたじゃない？」

「そんなことないって」

「一緒に幹事になっても、ずっとサボってたし」

「だからそれは体調が悪かったって、謝ったじゃないか」

「でも……でも……」

奈美は反論しようとしたが、言葉が出てこないようだった。

「これから正式に……正式にっていうのもなんか変だけど、付き合ってほしいって思ってるのに、守川は嫌なわけ？」

「それは……」

奈美が龍平の視線を避けて顔を前に向けたので、龍平は彼女の腰から胸に両手をすべらせた。ふたつの胸のふくらみを裾野の方からすくいあげ、指を動かした。

「揉まないでよ！」

　奈美が真っ赤な顔でもう一度振り返る。

「告白しながら変なところ揉むなんて……信じられない……」

「じゃあ、きっぱりフッてくれよ。そうしたらやめてやる。ほら！　ほら！」

　龍平は胸のふくらみを揉みしだいた。サイズはそれほど大きくないが、服とブラジャーの向こうに柔らかな隆起を感じた。一年間憧れ抜いた奈美の乳房だと思うと、サイズなどどうでもよかった。揉むほどに指先に力がこもり、鼻息が荒くなっていく。

「あんっ、やめてっ……」

　奈美は息をはずませた。

「手島くん、したいだけでしょ？　男だからしようがないのかもしれないけど、したいならもうちょっと真面目に告白して。愛してるって言って……」

　面倒くさい、と龍平は思った。断るつもりがないくせに、もったいぶるにも程があるというものだ。

　しかし、その面倒くささが逆に愛おしく感じられたのも、また事実だった。彼女は出会い系サイトで知りあった、セックスだけが目的の女ではないのだ。会うなりラブホテルに直行したり、初対面なのにホテルの部屋で待ち合わせた女とはわけが違う。きちんとした恋人になってくれるかどうかの瀬戸際《せとぎわ》なのだから、面倒くさくて当たり前なのである。

（愛してる……愛してるか……）

気持ちはあっても、実際口にするとなるとひどく照れくさかった。

世のカップルは、そういう言葉を平気でやりとりしているのだろうか。

たとえば奈美の元カレは、セックスを始める前に愛してると甘くささやくタイプだったのだろうか。

途端に全身が熱くなった。

乳房をまさぐるのをやめ、奈美の体を回転させた。前から抱きしめて、髪を撫で、背中をさすった。左手でそうしつつ、右手で顎《あご》を持ちあげた。熱い視線で顔をのぞきこんでやる。奈美はなにか言いたげな表情をしていたが、唸《うな》るばかりで言葉は出てこない。

「……うんんっ！」

唇を奪った。そうとしか言いようのないやり方で、キスをした。奈美は唇を引き結んでいて、舐《な》めてもなかなか口を開いてくれない。

ならばと、首の後ろに手をまわし、ワンピースのホックをはずした。ちりちりとファスナーをさげ、果物の皮を剝《む》くように脱がしてしまう。キャンディの包み紙のように可愛らしい、淡いオレンジ色のブラジャーが露《あら》わになる。

「あっ、いやっ……」

奈美は焦《あせ》ってワンピースをつかもうとしたが、龍平の動きのほうが速かった。ワンピースは儚《はかな》い衣ずれ音を残して床に落ち、ショーツが露出した。ブラジャーと揃《そろ》いの、淡いオレンジ色だった。ナチュラルカラーのストッキングの下で、股間にぴっちりと食いこんでいた。

「いやあああっ……」

奈美は落ちたワンピースを拾おうとしたけれど、龍平はもちろん、抱擁を強めて許さなかった。奈美が上目遣いで睨《にら》んでくる。いまにも泣きだしてしまいそうな顔で、何度も息を呑みこむ。

だが、やがて諦めたように息を吐きだした。せつなげに眉根《まゆね》を寄せて眼を閉じると、自分から口づけを求めて顎をあげた。

「うんんっ……」

今度はすぐに口を開いた。眉根を寄せた悩ましい表情を眺めながら、龍平は舌を差しこんでいった。ネチャネチャと舌をからめあえば、奈美は鼻奥でうめき、眉間《みけん》の皺《しわ》をどんどん深めていく。眼の下が、みるみる赤く染まっていく。

「うんんっ……ぅんあああっ……」

愛おしさがこみあげてくるのを感じながら、龍平は夢中になって舌をからめた。お互いに熱っぽくなっていくばかりの吐息をぶつけあった。奈美の吐息は、もぎたての果実のような甘酸っぱい匂いがした。

4

「ねえ……」

奈美がキスを中断して、眼を開けた。生々しいピンク色に染まった顔と、ねっとりと濡《ぬ》れた瞳のハーモニーに、龍平は悩殺された。

「部屋、暗くして」

蛍光灯が煌々《こうこう》と光を放っていて、下着姿の彼女を照らしている。

「……ああ」

龍平はうなずいて抱擁をといた。壁のスイッチを押し、蛍光灯を橙《だいだい》色の常夜灯に変えた。その間に、奈美は背中を向けて素早くストッキングを脱ぎ、逃げるように部屋の隅にあるベッドにもぐりこんだ。もぐりこむ寸前に、ショーツに包まれた桃のようなヒップが眼に飛びこんできて、龍平は再び悩殺された。

「手島くんも服脱いで！」

奈美は頭まで布団《ふとん》を被って言った。

「わたしばっかり裸なの恥ずかしいから！」

「ああ……」

龍平は息を呑んで服を脱ぎはじめた。体が震えだしたのは、奈美とのセックスがいよいよ現実味を帯びてきてからだ。不思議なことだが、現実味を帯びてくればくるほど、夢の中にいるような気分になっていく。

ブリーフ一枚になると、前がもっこりとふくらんでいた。勃起しすぎて息苦しくてしょうがなかったが、それまで脱ぐのはなんだかマナー違反のような気がして自粛した。奈美にしても、まだブラジャーとショーツを着けている。

布団をめくり、中に入った。

ベッドも布団もシングルなので、ふたりで入ると狭かった。必然的に素肌と素肌が密着し、顔と顔とが接近した。自分の布団のはずなのに、女の匂いがこもっている。奈美の甘い体臭が、鼻腔をくすぐってくる。

「最初から、こうするつもりだったんでしょ?」

咎《とが》めるような上目遣いで睨まれた。

「お詫びにご馳走なんて言って、自分の家の近くのレストランに連れてきて……」

「そういうわけじゃ……」

龍平は奈美の体のぬくもりにうっとりしていた。

「いや、やっぱりそうだな……正直に言えば……」

奈美の背中を撫でた。白磁のようになめらかな触り心地に感動しつつ、手のひらを下にすべらせていく。腰のくびれからヒップの丸い隆起に向かうカーブが、たまらなく女らしい。ヒップの量感は、乳房と反対に豊かだった。言葉の代わりに、桃の果実に似た丸尻を熱っぽく撫でまわしていく。

「もう……」

奈美が身をよじる。だが、次第に睨んでいられなくなる。ショーツに包まれたヒップを撫でまわすほどに、瞳が潤み、眼尻が垂れてくる。

「ぅんんっ……」

自然と唇が重なりあい、先ほどのディープキスの続きが始まった。唾液と唾液が混じりあうほど、どんどん深まっていく。舌をからめあいながら、龍平はブラジャーのホックをはずした。

「あんっ……」

カップをめくると、奈美は羞《は》じらってキスを中断した。龍平はかまわずブラジャーを完全に奪って、ふくらみを隠そうとする奈美の腕をつかんだ。

「いやっ……」

羞じらう奈美の乳房は、可愛かった。

大きくはないが、形はいい。裾野に充分な丸みがあるし、持ち主の性格を反映しているのか、先端はツンと上を向いている。

それに、乳首が淡いピンクだった。ミルクを練りこんだような白い素肌に、溶けこんでしまいそうな儚い色艶が、たまらなく清らかだ。

「小さいって思ったでしょ？」

奈美が唇を尖《とが》らせながらじっとりと見つめてくる。

「思ってないよ」

「嘘、思った。がっかりしたって顔に書いてある」

「そんなことないってば」

龍平は笑ってしまいそうになったが、そんなことをしたら奈美がよけいに怒りだしそうだったので、真顔で言った。笑ってしまいそうになったのは、奈美のような美人でも、自分の体にコンプレックスをもっていることがおかしかったからだ。なるほど彼女は巨乳ではない。しかし、コンプレックスを抱くほどの貧乳でもない。

「超可愛いおっぱいだよ」

「ほらぁ！　やっぱり小さいって思ってる」

龍平は言葉を返さずに布団をめくり、奈美の上に馬乗りになった。彼女の両手をバンザイをするように押さえつけて、顔を乳房に近づけていく。

「んんんっ！」

裾野から舐めあげると、奈美の顔はひきつった。ねろり、ねろり、と龍平は舐めあげく。刷毛《はけ》でお椀に漆を塗る職人のように、舌腹を丁寧に這わせていく。

だが、乳首はまだ舐めない。女体を扱うセオリーは、三十一歳の人妻でも、十九歳の女子大生でも、たいした違いはないだろう。愛撫にじっくりと時間をかけ、肝心な部分を刺激するのを後まわしにしたほうが、感度は高まっていくはずだ。

「んんんっ……あああっ……」

唾液にまみれ、淫《みだ》らに濡れ光っていく自分の乳房を見て、奈美があえぐ。しかし、彼女は感じている。まだ触ってもいないのに、清らかな淡いピンクの乳首が、むくむくと隆起してくる。

龍平が顔を見上げると、

「ううう……」

奈美は真っ赤になって顔をそむけた。サイズは小さくても感度はいいみたいだな、という心の声が伝わったらしい。いちいち反応が可愛らしかった。普段のツンと澄ました彼女は、どこに行ってしまったのだろう。だが羞じらうほどに、龍平は彼女が好きになっていく。愛おしさで胸がいっぱいになる。

龍平は自分の唾液でネトネトに濡れた双乳を両手でつかみ、揉みくちゃにした。十本の指を躍らせ、むぎゅむぎゅと可愛い乳房を変形させてやる。乳首はまだ触れない。だが、触れようとするだけで、ビクッと身をすくめる。

「ああっ、いやあっ……いやあああっ……」

満を持して乳首を舌で撫でると、奈美は情感あふれる悲鳴をあげた。龍平は物欲しげに尖った突起をねちっこく舐め転がし、口に含んで吸いたてていく。

「はぁあああっ……はぁあああっ……」

悲鳴まじりの奈美の呼吸は、一足飛びに跳《は》ねあがっていった。乳首が相当感じるらしく、紅潮が顔から耳、首筋までひろがって、素肌が汗ばんでくる。

本当に敏感なんだな、と龍平は胸底でつぶやいた。

まだ乳房を愛撫しているだけなのに、髪を振り乱してあえいでいるのだ。

あるいは羞じらい深いために、反応が過敏になっているだけなのだろうか。

いずれにしろ喜ばしいことであり、もっと感じさせずにはいられない。

龍平は乳首から口を離し、体を後ろにずらしていった。淡いオレンジ色のショーツが股間にぴっちりと食いこみ、女の大事な部分を覆い隠している。龍平は長い両脚をM字に割りひろげて、押さえこんだ。

「ああっ、ダメえっ！」

奈美はぎゅっと眼をつぶって顔をそむけた。M字開脚そのものも恥ずかしかったのだろうが、龍平の眼になにが映ったのか、わかっている様子だった。

可憐なオレンジ色に似つかわしくない淫靡《いんび》なシミが、股布にくっきりと浮かびあがっていた。割れ目の形状を彷彿とさせる、縦長のシミだった。

龍平は指先でシミをなぞった。

熱を帯びたじっとりした湿り気が伝わってきた。薄布を隔てているにもかかわらず、び薄布を隔てているにもかかわらず、びしょ濡れになった花びらの感触まで伝わってくるようだった。

縦長のシミに沿って、下から上になぞりたてる。何度も何度もしつこくなぞり、ヴィーナスの丘の麓《ふもと》をツンツンと突いてやる。

「くっ……くぅうぅっ……」

奈美は食いしばった歯の奥から悶《もだ》え声をもらし、下肢を小刻みに震わせた。裏側をすべて見せた白い太腿《ふともも》が震える姿に、龍平は息を呑んだ。逞《たくま》しいほど肉づきがいい。紗栄子の太腿も量感に富んでいたけれど、蕩《とろ》けるように柔らかかった。一方、奈美の太腿はむちむちと張りがあり、若さの象徴のような太腿である。

龍平は眼福を覚えながら、執拗《しつよう》にシミをなぞりつづけた。次第にシミはひろがって、奈美の悶え方も激しくなっていく。ヴィーナスの丘の麓をツンと突くと、三回に一回くらいビクンッと腰が跳ねあがった。クリトリスにあたっているのだ。

「脱がすよ」

龍平は熱っぽくささやいた。

「これ以上穿いたままだと、パンツが汚れちまう」

「意地悪!」

奈美が泣きそうな顔で睨んでくる。実際にはすでにシミ付きになっていたが、龍平は言わないでおいた。

M字にひろげていた両脚を伸ばして、ショーツをおろしていく。

「ううう……」

奈美が両手で顔を覆った。可愛かった。普段とは正反対だ。

ショーツをおろした。草むらは薄かった。ほんのひとつまみほどの繊毛が、こんもりした丘に控えめに生えているだけだった。

ということは、割れ目のまわりはどうなっているのだろうか。

ドキドキしながらショーツを爪先から抜いて、両脚を再びM字に割りひろげた。

「ああっ、いやっ!」

奈美がすかさず両手で隠そうとしたが、龍平はそれが股間に届く前につかまえた。せっかく剝きだしにした秘密の花園を、隠されてしまうわけにはいかなかった。

5

龍平はいまの自分の顔を想像したくなかった。

鏡を見なくても、眼が血走っているのがはっきりわかった。

奈美の割れ目のまわりには、まったく毛が生えていなかった。ヴィーナスの丘の上を控えめに飾りたてているだけで、それ以外は無毛だった。

つまり、くすみ色の土手に咲いた、アーモンドピンクの花びらが剝きだしの状態で、眼前に現れたのだ。卑猥《ひわい》に縮れて身を寄せあっている様子が、まるで巻き貝のように龍平には見えた。

「そんなにジロジロ見ないで……」

両手を龍平につかまれた奈美は、身をよじりながら涙声をあげたけれど、見ないわけにいくはずがない。

紗栄子の繊毛は、もっと割れ目を覆い隠すように生えていた。ネットで拾った裏画像でも、そういうタイプの女が多かったし、割れ目のまわりが綺麗になっているAV女優は、エステなどで永久脱毛しているものだとばかり思っていた。

しかし、奈美がそんなことをするとは思えないから、ナチュラルに薄いのだ。

ふうっと息を吹きかけてやると、酸味の強い匂いが返ってきた。紗栄子とはずいぶん違う。紗栄子の匂いはもっと、こってりと濃厚で獣じみていた。

思わずくんくんと鼻を鳴らすと、

「やめてよ、馬鹿ぁ……匂いなんて嗅がないでっ……」

奈美が脚をジタバタさせた。

ならばと、龍平は唇を割れ目に押しつけた。花びらのくにゃくにゃした途轍《とてつ》もなくいやらしい感触が、唇から頭の芯《しん》まで響いてくる。

「いやあああああーっ！」

奈美が痛切な悲鳴をあげた。

「やめてっ！　舐めなくていいっ！　そんなところ舐めないでえええっ……」

龍平は無視して、ヌルリと舌を差しだした。縮れながら身を寄せあっている花びらを丁寧にめくって、薄桃色の粘膜を露出させていく。

「ねえ、本当にやめてっ……わかったっ……わたしがしてあげるっ……フェラしてあげるから、わたしのことは舐めなくていいいっ……」

身をよじりながら叫ぶ奈美の言葉を聞き、龍平はカアッと頭に血が昇った。

なんという尻軽な発言だろう。フェラなどという言葉を口にするということは、そういう行為をしたことがあるということだ。抵抗なくペニスを舐めしゃぶることができるということだ。愛しい彼女が自分以外の誰かに口腔奉仕をしていたのだと思うと、嫉妬《しっと》のあまり正気を失いそうになった。

「女のくせに、フェラとか言うなよ」

吐き捨てるように言い、再び唇を割れ目に押しつける。薄桃色の粘膜からあふれてくる女の蜜を、じゅるっ、じゅるるっ、と音をたてて吸いたてる。

「いやあああああーっ！」

「俺は守川のことが好きだから、舐めてやりたいんだよ。それをなんだよ、フェラしてあげるって。あばずれみたいなこと言うと嫌いになるぞ」

「だってえっ……だってええええっ……」

言葉の途中で、奈美はちぎれんばかりに首を振った。龍平の舌が、ヌプヌプと穴の入口を穿《うが》ったからである。龍平はねちっこく舌を使いながら、指先で肉の合わせ目を探った。恥毛が極端に少ないから、目的の部分はすぐに見つかった。

「ダ、ダメッ……」

奈美の顔が凍りつく。

龍平の指はクリトリスのカヴァーを剝き、半透明に輝く小さな真珠のような肉芽を空気にさらした。

「ごめん、手島くんっ……変なこと言ってごめんっ……だから、許してっ……もう舐めないでっ……わたしっ……わたし舐められるのが苦手っ……あうううっ！」

剝きだしのクリトリスを舌先でちょんと突くと、奈美は白い喉を見せてのけぞった。逞しい太腿をぶるぶると震わせて、腰をくねらせる。

「なにが苦手だよ……」

龍平はクリトリスのカヴァーを剝いては被《かぶ》せ、被せては剝いた。ごく小さな肉の芽でも、感度は最高らしい。そうしているだけで、卑猥に尖りきって愛撫を求めるようにプルプルと震えだした。

「気持ちいいんだろう？　舐められて気持ちいいんだろう？」

ねちり、ねちり、と舌先を躍らせ、クリトリスを舐め転がした。ベッドマナーのほとんどすべてに自信がない龍平だったが、これだけは例外だった。なにしろ、三十一歳の人妻を舌先だけで何度もイカせたことがあるのだ。イカせるどころか、潮まで吹かせたのだ。奈美も吹くだろうか。しつこく舐めまわしてやれば、十九歳女子大生でも、恥ずかしい潮吹きに達してしまうだろうか。

「いやあああっ……あああああっ……いやあああああっ……」

龍平の熱烈なクンニリングスの前に、奈美はもはや意味のある言葉を口にできなくなり、呼吸を荒げるばかりだった。ひいひいとあえぐ声が潤みきっていた。女の割れ目の潤み方はさらに激しく、龍平の顔の下半分はあっという間に蜜にまみれた。酸味の強い匂いがする発情のエキスが、すすってもすすっても、あとからあとからあふれてくる。

「すごい濡れてるじゃないかよ」

勝ち誇った顔で眼を向けると、

「もうやだっ！」

奈美は端整な美貌をくしゃくしゃにして見つめ返してきた。

「手島くん、うますぎるよっ……こんなのっ……こんなに気持ちいいのっ……わたし、初めてっ……」

龍平は胸がいっぱいになった。本当は童貞を失ったばかりで、それもたった一回しか経験がないのに、性技を褒められるとは思ってもみなかった。

「あうううっ！」

再びクリトリスを舐め転がしはじめると、奈美は乱れに乱れた。もう「やめて」とは言わなかった。龍平が夢中で舐めれば舐めるほど、我を忘れて感じてくれた。

「むううっ……むううっ……」

鼻息で薄い草むらを揺るがしながら、龍平が女の割れ目にヌプリと指を差しこむと、

「んんんーっ！」

奈美の背中は弓なりに反《そ》り返った。

龍平は奈美の反応を見極めながら、指を小刻みに出し入れした。奈美の中は火傷《やけど》しそうなくらい熱かった。ヌプリ、ヌプリ、と穴を穿ちつつ、第一関節から第二関節、そして根元まで、じわじわと時間をかけて埋めていく。

「んんんーっ！　くぅうううーっ！」

奈美はぎゅうぎゅうと音がしそうな勢いで身をよじり、甘ったるい匂いのする汗を大量

にかきはじめた。龍平が中で指を動かすと、それに反応して身をよじる。まるで指一本で彼女を操っているような状態が、龍平の興奮も高めていく。

だが、指先が上壁のざらついた部分に達すると、奈美もただ身をよじってばかりはいられなくなった。

「いいいっ！」

奇声にも似た声をあげ、眼を見開いた。それ以上は声も出ないようで、半開きの唇をわあわあわさせながら、顔を限界までひきつらせていく。

感じるピンポイントのはずだった。

龍平がざらついた上壁を押しあげると、奈美は恐怖にひきつった顔で栗色の髪を振り乱した。しかし、感じていることは間違いない。感じすぎて怖いからやめて、という意味で首を振っているのだ。

龍平は熱い肉ひだの層を、ぐりん、ぐりん、と攪拌《かくはん》した。そうしつつ徐々に指を鉤《かぎ》状に折り曲げていき、ざらついた上壁を責めていく。そこに指を引っかけるようにして、指をゆっくりと抜き差しする。

「ああああっ……あああああっ……」

眼を見開いた奈美の顔には、恐怖が貼りついていた。必死になって首を振っているが、願いは届かない。指の出し入れがリズムに乗ってくると、見開いた眼が細くなった。眼尻が垂れて、泣きそうな顔になった。股間から聞こえてくる、ぬちゃっ、くちゃっ、という淫らな肉ずれ音に耐えかねたように、眉根を寄せて眼を閉じる。

（すげえ……締まってきた……）

龍平は興奮に声を上ずらせた。薔薇《ばら》のつぼみのように幾重《いくえ》にも渦《うず》を巻いた肉ひだが、涎《よだれ》じみた熱い粘液を漏らしながらキュウキュウと指を食い締めてくる。これが指より太いペニスであったならどれだけ気持ちがいいだろうと想像すればなおさら興奮し、指の出し入れに力がこもる。奥に溜まった蜜を掻《か》きだすように、淫らな音をたてて鉤状に折り曲げた指を抜き差しする。

「ダ、ダメッ……そんなにしたらっ……」

奈美が真っ赤に紅潮した顔をひきつらせた。言葉は続かなくても、なにを言いたいのか龍平にはわかった。ぎりぎりまで細めた眼の奥で、潤みに潤んだ黒い瞳が、もうイキそうだと訴えていた。

ならばイカせてやるまでだった。龍平は指を出し入れしながら、獰猛《どうもう》な蛸《たこ》のように尖らせた唇を剝き身のクリトリスに押しつけ、チューッと音をたてて吸いたてた。

「ひっ、ひぃいいいいいいーっ！」

奈美は腰を反らせ、みずから両脚を大きくひろげた。宙に浮かんだ両脚の指を、ぎゅうっと内側に丸めこみ、全身を小刻みに痙攣《けいれん》させはじめた。

「イッ、イクッ……そんなにしたらっ……イッちゃううううっ……」

次の瞬間、ビクンッ、ビクンッ、と腰を跳ねあげ、奈美は恍惚《こうこつ》にゆき果てた。潮までは吹かなかったけれど、じゅぼじゅぼと割れ目を責めている龍平の右手は、したたるほどの蜜にまみれた。

6

龍平は右手をティッシュで拭ってから、ブリーフを脱いだ。

クンニリングスをしている最中から勃起しすぎて苦しくてたまらなかったが、過去と同じ過ちを犯してはならないとベッドに押しつけることだけは厳に慎んだ。おかげで暴発は免《まぬか》れたものの、大量に噴きこぼれた我慢汁がブリーフの内側を盛大に濡らしていた。これでは奈美のことは言えないと、苦笑がもれる。

「ううぅっ……」

奈美はベッドにうつ伏せになり、むせび泣いていた。

初めてのベッドインにもかかわらず、クンニだけで果ててしまった衝撃は大きいらしく、いつまでも顔をあげない。あれだけ舐められるのを拒《こば》んでいたはずなのに、イッてしまっては取り繕《つくろ》いようがないのだろう。

龍平はなんとも言えない優越感に浸《ひた》っていた。

いつもと逆だからだ。龍平も過去に口内とズボンの中で暴発したことがあり、数日間立ち直れないほど落ちこんだ。だから奈美の気持ちはよくわかる。せいぜいやさしくしてやろうと、身を寄せて抱きしめた。

「そんなに泣くなよ」

ひっ、ひっ、と嗚咽《おえつ》をもらしている顔をこちらに向け、乱れた髪を撫でてやる。

「だってぇ……だってぇ……わたし、いつもはっ……こんなふうじゃないのにっ……ぅんんっ！」

龍平は涙に濡れた奈美の口にキスをした。いつもはってなんだ、と一瞬イラッとしたけれど、見逃してやることにする。いままでクンニだけでイカされたことがないという意味だろうから、嫉妬するような話ではない。言葉も選べなくなるくらい取り乱している彼女が愛おしくなり、頬を濡らす涙を舌できれいに拭ってやる。

「それより俺……もう我慢できないよ……」

奈美の手を取り、股間に導いた。剝きだしのペニスを握らせて、高まりを伝えた。

「ううぅっ……」

奈美は羞じらいに眼の下を赤らめつつも、汗ばんだ手で握りしめてくれた。

「すごい硬い……それにズキズキしてる……」

「守川のせいだよ」

龍平はまぶしげに眼を細めて奈美を見た。

「守川が……守川が欲しいんだ……」

「て、手島くん……」

奈美がペニスから手を離し、首に両手を巻きつけてきた。吸い寄せられるように唇が重なり、舌を吸いあった。

「ぅんんっ……ぅんんんっ……」

絶頂するところまで披露してしまったせいか、奈美の口づけはいままでとは別人のように情熱的だった。自分からむさぼるように龍平の舌をしゃぶり、唾液を嚥下《えんか》する。そうしつつ脚をからませ、太腿に股間を押しつけてくる。オルガスムスを迎えたばかりの女陰は熱く、いやらしいくらいヌルヌルしていた。

「ぅんんっ……ぅんんっ……」

龍平は口づけを交わしながら上体を起こし、奈美に覆い被さった。奈美が自分で両脚を開いてくれたので、その間に腰をすべりこませていく。結合の体勢を整え、いよいよの瞬間が迫ると、にわかに熱いものがこみあげてきた。

「……どうかした？」

奈美が心配そうに眉をひそめ、

「いや……」

龍平はあわてて眼尻から流れた涙を指で拭った。

「ごめん……眼にゴミが入った……」

本当は、感極まってしまうくらい胸がいっぱいで、涙がこみあげてきてしまったのだ。

幸福感でどうにかなってしまいそうだった。

紗栄子と繫がったときは、刺激と快楽だけに身も心も支配されていた。しかしいまは、それを上まわる愛を感じる。自分はたしかに奈美を愛しているし、奈美もまた自分を愛してくれていることが、ありありと伝わってくる。

男に生まれてきて、好きな女と体を重ねられる以上の幸福などない。だが、それを嚙《か》みしめるのはまだ早かった。気を取り直し、勃起しきったペニスの先端を、熱く濡れまみれた割れ目にあてがった。

「いくぞ……」

唸るように言い、奈美を見る。正常位は初めてだったが、不安はなかった。指でじっくり責めたおかげで穴の位置と角度は頭に入っていたし、うまくいかなければ奈美が助けてくれるに違いないという信頼感が、龍平に自信を与えてくれた。

「んんんーっ！」

ぐっと腰を前に送りだすと、奈美の美貌が歪《ゆが》んだ。それでも、眼を閉じない。細めた眼でじっと見つめてくる。

龍平も奈美を見つめながら、じりじりと結合を深めていく。気は急《せ》いていたが、いっぺんに繋がってしまうのがもったいなかった。奈美を感じたかった。硬くいきり勃った分身で、濡れた肉ひだの一枚一枚を、味わい抜きたい。

「ああっ、いやっ……大きいっ……太いっ……」

奈美が身をよじりながらしがみついてきた。その振る舞いがあまりに健気《けなげ》で、龍平の胸はざわめいた。彼女の中に入ろうとしている実感が体を熱くし、ゆっくり繋がっていくことに耐えられなくなってしまった。

ずんっ、と最奥まで突きあげると、

「あああああーっ！」

奈美は結合の実感を嚙みしめるような悲鳴をあげた。

「むううっ……」

龍平がきつく抱きしめたのもまた、結合の実感を確かめるためだった。奈美の中は煮えたぎるように熱かった。自然と腰が動きだした。じっとしていられなかった。ヌメヌメした肉の層にペニスを入れ、また抜いた。自分でもぎこちないやり方だと思った。それでも、奈美は感じてくれているようだった。抱きしめた体が汗ばんで、結合部からは泉のように発情のエキスがわいてくる。ハアハアと呼吸を高ぶらせて身をよじり、ぎりぎりまで細めた眼で見つめてくる。

龍平は必死の形相で抜き差しのピッチをあげていった。しかし、欲望ばかりがつんのめって、腰を振るスピードが追いつかない。耐え難《がた》いもどかしさを誤魔化すように、唇を重ねていく。ネチャネチャと舌をからめあう。そうしつつ、お互いに体をまさぐりあった。龍平が乳房を揉めば、奈美は腕をつかみ、手と手が自然に繋がれて、指が交錯した。少しでも体を密着させたいという思いを露わにしながら、リズムを重ねていく。

「はぁぁぁぁーっ！」

奈美が腕の中でのけぞった。ぴちぴちの若鮎《わかあゆ》のように体を跳ねさせ、股間を押しつけてくる。ずちゅっ、ぐちゅっ、と卑猥な肉ずれ音がたった。奈美はそれを羞じらうこともできないまま、快楽の海に溺《おぼ》れていく。

「はぁぁぁあっ……いいっ！　いいいいいいーっ！」

ちぎれんばかりに首を振り、栗色の髪を振り乱す。龍平はその髪の中に顔をうずめて、一心不乱に腰を振った。髪の匂いが汗で蒸れて、甘く鼻腔をくすぐってくる。

限界が近づいてきた。

内側から爆《は》ぜそうな勢いで膨張したペニスの芯が疼《うず》きだし、顔が燃えるように熱くなっていく。もっと奈美と繋がっていたいと思った。いまこのときを永遠にしたいと切実に望んだが、それは無理な話だった。童貞を失ったばかりの龍平には、こみあげてくる衝動をコントロールする術《すべ》がなにもない。興奮すればするほど、深く突きあげることしかできない。

「ダ、ダメだっ……」

五体を震わせながら唸るように言った。

「もうっ……もう出ちゃいそうだっ……」

薄眼を開けて奈美を見ると、

「ううっ……うううっ……」

生々しいピンク色に染まった顔をくしゃくしゃにして、必死にうなずいている。出していいという心の声が、言葉にせずとも伝わってくる。

龍平は息を呑んだ。

奈美を見つめながら腰を振りたて、肉と肉とがぶつかりあう音を部屋中に響かせた。ベッドがギシギシと軋《きし》んでいた。奈美が放つ発情しきった牝《メス》の悲鳴が薄い壁を超えてアパート中に響いていそうだったが、かまっていられなかった。

爆発が起きた。

勃起しきったペニスがひときわ野太くみなぎり、奈美の中で暴れだした。ドピュッと音さえたてそうな勢いで、煮えたぎる欲望のエキスが噴射した。奈美の体にしがみついていないと、ベッドから転がり落ちてしまいそうなほどの衝撃が訪れ、奈美もまた龍平の体に必死にしがみついていた。

熱い粘液が尿道を駆けくだっていくたびに痺《しび》れるような快感が五体を打ちのめし、滑稽《こっけい》なほど身をよじった。ぎゅっと眼をつぶると、瞼《まぶた》の裏に熱い涙があふれて頬を伝ったが、どうすることもできない。奈美も泣いている。お互いに号泣しながらしつこく腰を振りたてあい、汗にまみれた素肌をこすりあわせる。ひとつになったたしかな実感に感極まって、思考も言葉も吹っ飛んでしまう。

やがてすべてが終わった。

お互いにあお向けになり、放心状態で呼吸を整えた。

自然と手を繋いでいた。

セックスのことをメイクラブと呼ぶ意味が、龍平には初めてわかった気がした。

呼吸が整っていくほどに、気恥ずかしさや照れくささがすさまじい勢いでこみあげてきたけれど、それ以上に愛おしさを覚えた。

すっかり呼吸が整ったら、奈美を抱きしめてお礼を言おうと思った。

髪を撫でながら何度も何度も、ありがとうと言おう。

いまなら「愛してる」という気恥ずかしい台詞《セリフ》さえ真顔でささやくことができそうな気がしたが、それは叶わなかった。

会心の射精で精も根も尽き果てて、呼吸が整う前に意識を失ってしまった。

第五章　しくじり

1

　恋人というか彼女というか、いつでもセックスができるパートナーを生まれて初めて得た龍平は、ふたつのことを発見をした。

　ひとつは、セックスは経験を積むほど気持ちよくなるということで、もうひとつはセックスは癖《くせ》になるということだ。

　似ているようで微妙に違う。

　前者はつまり技術的なことで、いちばん顕著なのは腰の使い方だと思うが、コツを呑みこむと快感の量が倍増した。対して後者は本能的なことで、一度その味を覚えてしまうと、なくてはならないものになった。

　たった一日奈美に会えないだけで、耐え難《がた》い飢《う》えや渇きを覚えた。射精に対してではない。自慰で放出しても、飢えや渇きは治まらない。女の肌に触れ、肉を揉み、匂いを嗅ぎ、性器をこすりあわせたくて、どうにもならなくなる。童貞時代のようにオナニー一本槍の生活など、想像しただけで背筋が寒くなる。

とはいえ、結局のところ、ふたつの発見はひとつの結果に収斂《しゅうれん》された。

体を重ねて以来、毎日のように奈美を部屋に呼び、飽くなき欲望と体力で、彼女の体を求めることとなった。

「ああっ、いやあっ……イッちゃうっ……そんなにしたらイッちゃうっ……」

M字開脚でクンニリングスを受けながら、奈美が悶《もだ》えている。彼女は結合状態ではなかなかイケないようだったが、クンニリングスではわけもなくイク。最初は匂いを嗅がれることすら拒《こば》んでいたのに、いまでは敏感な肉芽がふやけるくらい舐《な》められることに、どっぷりと淫している。

だが、龍平の希望というか要求が通ったのはその一点だけで、それ以外のプレイについてはひどく羞《は》じらい深かった。

彼女ができて発見したことに三つ目があるとすれば、セックスは決して男の思うままにはならない、ということだろうか。

たとえば、

「ふふっ、自分ばっかり気持ちよくなるなよ。俺のも舐めてくれ」

とシックスナインを迫ろうとすると、

「ダ、ダメッ……」

奈美はあわてて首を振る。

「舐めてほしいなら舐めてあげるけど……一緒にするのは恥ずかしいもの……」

「そ、そう……じゃあ舐めて……」

龍平は苦笑まじりに引きさがるが、本当は舐めて舐めあう双方向愛撫を経験してみたくてしかたがなかった。だいたい、クンニリングスはOKでもシックスナインはNGという基準がよくわからない。恥ずかしいというなら、クンニリングスだって充分に恥ずかしいと思うのだが、奈美は頑《がん》としてシックスナインを受けいれてくれない。

「むううっ……」

それでも、勃起しきったペニスを舐められれば、龍平も余計なことを考えられなくなる。奈美のフェラチオは遠慮がちで、紗栄子や出会い系サイトで知りあった人妻と比べれば舌使いがずいぶんぎこちなかったが、それがかえって興奮した。ピンク色に輝く舌がとても初々《ういうい》しく、ねろり、ねろり、と亀頭や肉竿を舐められるほどに、ペニスの芯《しん》まで清らかさが染みこんでくるようだった。

なにより、舐めているのがあの奈美なのだ。

いつもツンと澄ましている優美な美貌を、羞じらいと発情に赤く染め、男の器官を舐めているのを見ているだけで、いても立ってもいられなくなってくる。彼女が舐めているペニスが他ならぬ自分のものである実感が、全身の血をたぎらせていく。

奈美が唇を割りひろげて亀頭を咥えこむと、興奮は最高潮に達する。人妻のように根元まで咥えてくれるわけではない。しかし健気《けなげ》に、唇の裏のつるつるした部分で敏感なカリのくびれを包んでくれる。うぐうぐと鼻奥で悶えながらしゃぶってくれる顔がいやらしすぎて、龍平は咥えられるたびに恥ずかしい暴発の危機に立たされる。

「……もういいっ！」

龍平は真っ赤な顔で奈美の唇からペニスを抜いた。もっとじっくり舐めてもらいたかったが、彼女ができたからといって早漏の気までは治ったわけではなく、むしろ逆だった。どうせ出すなら、奈美の中のほうがいい。

といっても、彼女を思い通りにリードできない受難はまだまだ続く。

「なあ……」

当然のようにベッドにあお向けに横たわった奈美を見て、龍平は言った。

「たまには違う体位に挑戦してみないか。後ろからとか、守川が上になるとか……」

「いやよ」

奈美は横顔を向けて唇を尖《とが》らせた。

「変な格好するの、恥ずかしいもの」

「べつに変じゃないだろ、みんなやってることなんだから」

龍平は弱った顔で説得しようとしたが、

「みんなやってても、わたしはいやなの」

奈美はどこまでも頑《かたく》なだった。

「いいじゃない、いつものやり方で。わたし、すごく気持ちいいし、しながら手島くんの顔が近くで見たいの。お願い……」

「そ、そうか……」

龍平は結局、奈美に負けて上に覆い被さった。いままでも正常位以外の体位を試そうとしたことが何度かあったが、同じパターンで負けている。しかたがない。せっかくフェラチオで暴発寸前まで高まった興奮を、口喧嘩なんかで冷ましたくなかった。奈美の言うとおり、正常位だけで充分に気持ちがいいこともたしかなので、そそくさとペニスを割れ目にあてがっていく。

「あんっ……」

敏感な部分に男の器官を感じると、奈美の顔は歪《ゆが》んで蕩《とろ》ける。欲情に眼の下をねっとりと赤らめながら、照れくさそうに笑うこの瞬間の表情が、龍平はとても好きだった。菩薩《ぼさつ》のようだと思う。だが、菩薩はすぐに獣の牝《メス》へと豹変していく。

「んんんんーっ！」

ペニスの先端を割れ目に挿入すると、奈美の美貌は歪んだ。眼を大きく見開き、それからきりきりと細めて龍平を見つめながら、結合の衝撃に息を呑んでいる。

「むううっ……」

セックスに慣れてきた龍平は、一気に貫いたりしなかった。割れ目にペニスを半分ほど沈めた状態で、肉と肉とを馴染《なじ》ませるように小さく出し入れする。ねちゃっ、くちゃっ、という悩ましい肉ずれ音を聞きながら奈美と見つめあえば、ペニスはますます硬くみなぎり、はちきれんばかりに野太さを増していく。

「んんんっ……んあああーっ！」

焦《じ》れたように身をよじる女体を最奥まで貫いていくと、奈美の声は尻上がりに甲高くなっていった。両腕をつかみ、眉根《まゆね》を寄せて見つめてくる視線からは、早く動いてという心の声が聞こえてくる。ずっぽりと埋まったペニスの感触を噛《か》みしめながら、さらなる快感を求める彼女はどこまでも貪欲な獣の牝だ。

龍平は腰を使いはじめた。

まずはゆっくり抜き差しし、次第にピッチをあげていく。ペニスを直進的に動かすだけではなく、腰をまわして奈美の中を攪拌《かくはん》してやる。ねちゃっ、くちゃっ、という悩ましい音が、ずちゅっ、ぐちゅっ、と卑猥《ひわい》さを帯びた毒々しい音に変わり、奈美が羞じらう。

「ああっ、いやああっ……いやあああっ……」

だが、すでに付き合いはじめてから二週間以上が過ぎていて、体を重ねた回数もゆうに十回を超えている。いやらしい肉ずれ音を羞じらいつつも、奈美は感じていることを隠しきれない。みずからも腰を押しつけ、動かしてくる。最初は遠慮がちに、だがみるみる激しくくねりだす。

「腰が動いてるぞ」

「やんっ、言わないでっ！」

奈美は言いつつも、夢中になって腰を動かす。龍平の動きにあわせ、肉と肉をしたたかにこすりあわせる。

奈美が燃えれば燃えるほど、龍平も抜き差しに力をこめる。

じっとしていられない。まとわりついてくる肉ひだがねっとりとペニスにまとわりついてきて、ピストン運動を送りこむ。最奥にあるコリコリした子宮を突きあげながら、カリのくびれであふれた蜜を掻《か》きだしてやる。

「あああああっ……いいっ！」

奈美が総身をのけぞらせて、しがみついてくる。龍平も抱擁に力をこめ、渾身《こんしん》のストロークを打ちこんでいく。あられもない悶え顔を見せつけ、両脚を開いてすべてを受けとめてくれる女を、火柱と化したペニスでずぶずぶと貫いていく。

たまらなかった。

ひとつになっている実感がたしかにあった。慣れるまでのセックスは、男根を女陰に埋めこむものだった。美しくない言葉だが、ハメるという表現がいちばんぴったりきた。しかしいまは、奈美と一体になっている。リズムと動きを共有し、呼吸を重ね、性器をどこまでも密着させて、ふたりはひとつになっている。

「ああっ、いやっ……いやいやいやいやっ……」

奈美の反応がにわかに変化した。ハアハアと呼吸を荒げて、落ち着きをなくした。龍平の腕や肩をつかみ、頭髪の中に指を食いこませ、背中を爪で掻き毟《むし》ってきた。

「き、気持ちいいっ……よすぎるっ……おかしくなるっ……ねえ、手島くんっ……わたしっ……わたし、おかしくなっちゃうよおおおっ……」

腕の中でジタバタと暴れだした奈美を、龍平はきつく抱きしめた。龍平にしても、おかしくなりそうだった。ペニスを包みこんでいる肉ひだの動きがいつもと違った。ひくひくとうごめきながら収縮し、痛烈に食い締めてくる。

「ねえ、イキそうっ……わたし、イッちゃいそうよっ……」

奈美の口から喜ばしき、祝福すべき言葉が放たれたが、龍平にはまともな反応はできなかった。ただ顔を真っ赤に燃やし、一心不乱に腰を振りたてる以外になにもできない。性急に射精欲が迫ってきて、それをかわすだけで精いっぱいだった。この夢のようなひとときを、一秒でも長く味わっていたかった。そうすることによって、奈美を中でイカせ、天国に送ってやりたい。

「はぁああああっ……ダメッ……もうダメえええええっ……」

奈美の体が、腕の中でぎゅうっと反《そ》り返った。骨が軋《きし》みそうな勢いで反り返らせて、汗まみれの五体を痙攣《けいれん》させた。

「イッ、イクッ……イクイクイクイクッ……はぁああああああーっ!」

限界まで巻きあげたゼンマイが跳ねあがるようにして、反り返っていた体が跳ねあがった。ビクンッ、ビクンッ、と五体を波打たせながら、白い顎《あご》を見せて獣じみた悲鳴を放った。

「はぁあおおおおーっ! はぁおおおおおおーっ!」

「むううっ!」

跳ねあがる女体にピストン運動を送りこんでいた龍平にも、限界が訪れた。絶頂に達した瞬間、ペニスを包んでいる肉ひだにも変化があった。まるで男の精を吸いださんばかりに、龍平を食い締めてくる。収縮しながら吸いついてくる。

「おおおっ……」

ずんっ、と最後の一撃を突きあげると、鋼鉄のように硬くなったペニスが、爆発するような衝撃が訪れた。ドクンッという震動が体の芯まで震《ふる》わせた次の瞬間、灼熱が尿道を駆けくだっていく。

「ああっ、いやっ……いやあああああーっ！」

両脚の間で暴れだしたペニスが、奈美をさらなる高みへといざなう。

「す、すごいっ……すごいよおおおおっ……」

「おおおおっ……おおおおおっ！」

龍平は雄叫《おたけ》びにも似た声をあげ、煮えたぎる欲望のエキスを吐きだした。声を出さなければとても耐えきれないほどの痺《しび》れるような快感が、怒濤の勢いで襲いかかってくる。ドクンッ、ドクンッ、と吐きだすたびに、身も心も、頭のてっぺんから爪先《つまさき》まで、熱狂に包まれた。腕の中で、ガクガク、ぶるぶる、と震えている奈美と声を重ね、身をよじりあいながら、眼も眩《くら》むような恍惚《こうこつ》を分かちあった。衝撃的な放出感に、最後の一滴を漏らしおえると、龍平は意識を保っていることができなかった。

2

物音で眼を覚ました。

一緒に眠りに落ちたはずの奈美の姿はベッドにはなく、服を着けてキッチンで洗い物をしていた。

「……ふうっ」

龍平は息をついて体を起こした。まだ全裸だった。布団《ふとん》の中にこもっていた男女の匂いが鼻につき、先ほどの荒淫の記憶が生々しく蘇《よみがえ》ってくる。

枕元の時計は、午後十一時を指していた。ブリーフだけ穿《は》いて、奈美の背中に近づいていく。

「ごめん、起こしちゃった？」

奈美は振り返らず、手を動かしながら答えた。

「いや。腹でも減ったのか？」

「まさか。あんまり汚れてたから、片づけてあげてるんじゃない」

よく見ると、キッチンだけではなく、部屋が綺麗に整頓されていた。散らかした雑誌は積まれ、洗濯しっぱなしで干してあった服が畳まれている。奈美と付き合いだして驚かされたのは、家事が得意なことだった。なんとなく、容姿の綺麗な女は家事なんてしないだろうという思いこみがあったのだが、いつも彼女が帰ったあとは、部屋が綺麗になっている。

「これ洗いおわったら、帰るね」

奈美が言い、

「たまには泊まっていけばいいじゃないか」

龍平は誘ったが、

「ううん、明日の朝も早いし」

奈美は当然のように首を横に振った。

あらかじめ台本に書かれていたような、いつも通りのやりとりだった。半同棲のように男の部屋に泊まる生活は、だらしがない感じがして好きではないらしい。

いい女だな、と龍平はしみじみ思った。自分にはもったいないくらい、才色兼備の素晴らしい女性だ。

決して眼を合わせてこないところもいい。

先ほどベッドで乱れすぎてしまったことを、羞じらっているのである。恥ずかしいし、照れくさいしで、どうしていいかわからないのである。もしかすると、いつもセックスのあとに家事をしてくれるのも、それを誤魔化すためなのかもしれない。

「守川、いいお嫁さんになるな」

後ろから抱きしめると、

「ちょっと、やめてよ、もう。服着なさいってば。風邪ひくから」

口調とは裏腹に、奈美の顔は赤く染まっていった。先ほど分かちあった恍惚を、思いだしたのだろうか。龍平は思いだしていた。繋《つな》がった状態で初めて彼女をイカせたのだから、しばらく忘れられそうもない。

けれでも、恥ずかしがり屋の奈美を気遣って、口にはしなかった。

できることならもう一回戦挑みたかったが、それも言えない。明日はお互い一限目から授業だし、明後日《あさって》からは新歓キャンプで伊豆に行くから、その準備だってあるだろう。

気持ちだけ伝えようとぎゅっと抱擁に力をこめると、奈美は洗い物の手をとめて振り返り、軽やかなキスを与えてくれた。


奈美が部屋から帰ってしまうと、ひとり残された龍平は手持ち無沙汰《ぶさた》になった。セックスのあと眠っていたのは一時間ほどだろうが、その中途半端な睡眠のせいで眼が冴えてしまい、すぐには眠りにつけそうになかった。

かといって、充実した射精の余韻がまだ体に残っているから、勉強だの読書だの、前向きなことをする気にもなれない。テレビやネットもわずらわしく、ビールでも飲んで無理やり寝てしまおうと思ったが、冷蔵庫を見るとストックが尽きていた。コンビニまで行くとなると、往復で二十分かかる。

「……まいったな」

独りごちて、ベッドに体を投げだした。揺れるマットの感触が、どうしようもなく先ほどのセックスの記憶を蘇らせる。衝撃的な恍惚の余韻が体の芯を疼《うず》かせ、性欲の残滓《ざんし》がペニスをむくむくと大きくしていく。

そのとき、携帯電話がメールの着信を知らせるメロディを奏でた。

紗栄子からだった。

【今度の放置プレイはいったいいつまで続くのでしょうか？】

メールはそう始まっていた。

【ご主人様と出会って、わたしは本当の自分を知ってしまいました。きっともう、元の自分には戻れません。待ってますから。ご主人様がまた突然眼の前に現れて、驚くばかりの調教をしてくださるのを、いつまでも待ってます】

ほとんど毎日来る定期便のようなものだった。

連絡を絶った当初は、それはそれは切実な調子の文章が送られてきたものだ。M女志願の彼女が、身をよじりながらメールを打っている姿さえ想像できた。

しかし、二週間以上が経ったいまは、行間に諦観《ていかん》が滲《にじ》み、メールを打ちながら深い溜息をついているのが聞こえてきそうだった。

上野公園で童貞を捨てる野外性交をして以来、龍平からは連絡をしていない。初めからそのつもりだった。龍平の目的はセックスを経験することだけだったし、元来SM的な嗜好《しこう》があるわけでもない。必死になってシナリオを書き、サディスティックな男を演じるのにも限界があるだろうから、関係を長く続けないほうがいいだろうと思っていた。

もちろん、紗栄子に対して申し訳ない気持ちがないわけではない。メールを貰うたびに胸が痛む。紗栄子はそうとは知らないが、彼女は龍平を大人の男にしてくれた女なのである。「待っている」と痛切に繰り返されるほどに、自分が血も涙もない極悪人に思えてしかたがなかった。

それでも、関係を継続する気がないのなら連絡するべきではないだろう。いたずらにメールをやりとりしても、むしろ彼女を失望させ、傷つける結末になるに違いない。

龍平にはいま、奈美がいる。彼女との恋愛に夢中になっている。紗栄子とSMプレイに興じる余裕は、どこにもないのである。

「……んっ？」

今日のメールには、珍しく写真が添付されていた。

いやらしい写真だった。

試着室らしき場所で四つん這いになり、鏡に映った自分の尻を映している。制服のスカートはまくりあげられてストッキング直穿きの股間が露《あら》わになり、その股間にはウズラの卵のような白いローターがあてがわれていた。

自分で買ったのだろう。

ストッキング直穿きの股間にあてがっているのは、もう一度そうやって責めてほしいというメッセージに違いない。

龍平はなんだかせつない気持ちになってしまった。

制服から下半身を剝《む》きだしにした三十一歳の人妻は、十九歳の奈美など足元にも及ばない濃厚な色香を放ち、写真からでも発情した牝のフェロモンが漂《ただよ》ってきそうだった。四つん這いのポーズも、直穿きにした股間から透けている恥毛も、極薄のナイロンに包まれた逞《たくま》しい太腿《ふともも》も、すべてが男を誘っている。いじめてほしい、犯してほしい、という心の声が、生々しく伝わってくる。

しかし、そうであればあるほど、紗栄子は滑稽《こっけい》で哀れだった。

なるほど、人は恋をすれば愚《おろ》かな存在になるものなのかもしれない。龍平自身、奈美に恋するあまり、ずいぶんみっともない振る舞いをしてしまった。告白するためには童貞を捨てなければならないという強迫観念に取り憑《つ》かれて、ひとりで空まわりしていた。いまでも思いだすだけで顔が赤くなるような大恥をかき、部屋から一歩も出られなくなったことだってある。

だが、紗栄子はべつに恋をしているわけではなかった。

彼女が求めているのは欲求不満の発露であり、肉欲を満たすことだけなのだ。ＳＭという一風変わった性癖《せいへき》があるにしろ、煎《せん》じつめればただセックスがやりたいだけという身も蓋《ふた》もない真実が、彼女を滑稽で哀れな存在にしていると言っていい。

「べつに俺が連絡しなくたって……」

龍平は溜息まじりに独りごちた。

「あの人なら、すぐに他のご主人様が見つかるさ。美人だし、スタイル抜群だし、エロいし、五越レディだし……」

紗栄子の股間にローターを忍ばせ、地下鉄に乗ったときのことを思いだす。三人の痴漢に尻を撫《な》でられ、彼女は燃えていた。見ず知らずの卑劣な男の手によってさえ、内腿までびしょ濡《ぬ》れにするほど発情しきっていた。

まるで、彼女の欲望が彼女自身さえ超えて大きくなり、彼女を呑みこんでしまったかのようだった。その欲望に火をつけてしまったのが他ならぬ自分であることに、空恐ろしさを感じないわけにはいかない。

紗栄子はつまり、自分よりも大きくなってしまった欲望を鎮めるために、誰でもいいから抱いてほしいのだろう。

誰でもいいからセックスしたいという気持ちがわからないわけではないけれど、いまの龍平には付き合えなかった。龍平にはいま、その人でなければならない相手がいる。奈美と体を重ねて、はっきりわかったことがある。

愛のあるセックスは、愛のないセックスより、ずっと気持ちがいいのである。

3

ゴールデンウィークの初日にあたる土曜日、フリーダムの新歓キャンプは決行された。

総勢四十名近い大所帯なので、バスをチャーターして西伊豆へ向かった。

龍平が決めたイチゴ狩りから水族館への観光コースを無事に消化し、海辺にある民宿に到着したのは、ちょうど海に夕陽が沈む時刻だった。空も海もあまり豪華ではない民宿の建物も、すべてが燃えるようなオレンジ色に染まっていた。

これから民宿の庭でバーベキューパーティで、そのあとには花火大会だ。

新歓キャンプはいよいよ盛りあがりを見せていく予定だったが、乾杯の音頭をとる龍平の心境は複雑だった。

バスで移動中、後ろの席から聞こえてきた先輩たちの会話が耳にこびりついて離れなかった。

「しかし、守川ってなんで彼氏つくらないんだろうな」

「前の男のことが忘れられないんだろ」

「前の男って？」

「おまえ、知らないの？　彼女、高校時代から外資の銀行マンと付き合ってたらしいぜ」

「へええ、不倫かよ。っぽいけどなあ」

「いや、三十手前だけど独身。ニューヨークかなんかに転勤が決まったとき、プロポーズされたらしいよ。守川がさすがに入ったばっかりの大学を中退したくないって断って、別れることになったらしいけど……」

まったくよけいなことを耳に入れてくれる、と龍平は胸底で舌打ちせずにはいられなかった。知らなければ知らないですんだことなのに、その話を聞いてしまってから、顔が見えないエリートバンカーが奈美を抱いている姿が脳裏にチラついてしようがない。

それに加え、想定外のことがもうひとつあった。

キャンプに参加した新入生は二十二人で、そのうち十二人が女だった。誰の眼にも美人揃《ぞろ》いだったので、二、三年男子は浮き足だっていた。フリーダムはむっつりスケベが揃っているから、民宿の大部屋で親交をはかろうなどと言いつつも、本音の部分では新入生女子との恋の萌芽《ほうが》をつかもうと必死に作戦を巡らせていたに違いない。

もちろん、龍平には関係ないことだった。

眼の前にどれだけ美人を並べられても、心変わりなどあり得ない。一年間片思いを続けた相手と結ばれ、幸福の絶頂にいるのだから、仲間のフォローにまわればいいと余裕の態度を崩さなかった。

しかし、世の中は不思議なもので、そういうときに限って女運が巡ってくる。幹事をやっていたことも大きいのだが、新入生の女子がやたらと近づいてきた。たいていはサークルの活動内容や人間関係を知りたがったが、中には図々しい女もいて、

「先輩、彼女いるんですか？」

とみんなの前で訊ねてきた。奈美と付き合っていることはまだ内緒だったので、

「いやあ、俺モテないから」

と答えると、

「マジですか？　じゃあわたし、立候補しちゃおうかなー」

と悪戯《いたずら》っぽい笑みで返され、他の女たちの龍平を見る眼も変わった。今年の新入生は美人が揃っているだけではなく、肉食系女子ばかりだったのである。

その後は龍平に取り巻きができて、イチゴ狩りをしていても、水族館を巡っていても、いつでも三、四人の新入生が側にいた。

面白くないのは他の男子たちだった。後輩女子に囲まれて写真を撮ったりしていると、常に刺すような視線を感じた。「調子コイてんじゃねえぞ」という声が、いまにも聞こえてきそうだった。

だが、彼らはまだいいほうだ。

問題は奈美だった。

男子と違って、露骨に睨《にら》みつけてきたり、聞こえよがしに舌打ちしてくることはなかったが、顔から笑みがいっさい消えた。白い美貌がますます白くなり、ほとんど青ざめて、龍平と決して眼を合わせなくなった。

さすがにまずいと思った龍平は、バスが民宿についたタイミングで、トイレに行くフリをして取り巻きから逃れ、奈美に声をかけた。

「なに怒ってんだよ」

物陰に引っぱりこみ、ニヤニヤ笑いながら言うと、

「はあ?」

奈美は眼を吊りあげた。

「どうしてわたしが怒らなくちゃいけないの? 手島くん、なんか怒られるようなことしたわけ?」

「いや……」

龍平は苦笑いをこぼし、二の句が継げなくなった。正直、カチンときた。完璧に怒っているくせに、そういう言い方はないだろう。

「いや、あのさ……」

気を取り直してささやいた。

「俺だって一年間我慢してきたんだから、守川も少しは我慢しなよ」

「……どういう意味？」

奈美は険《けわ》しく眉をひそめた。

「だからさ、俺は初めて会ったときから守川にずっと片思いでいてさ、おまえ、先輩にすげえモテてたから、一年間ハラハラしっぱなしだったんだよ」

龍平は彼女を持ちあげるような言い方をしたつもりだったが、

「なに言ってるの？」

奈美は笑った。上から目線で鼻で笑うような、不愉快な笑みだった。

「手島くん、いま自分がモテてると思ってるわけ？　おめでたいなあ。てゆーか、頭悪いよ。一年の子たち、手島くんのことからかってるだけなんだから」

吐き捨てるように言い、背中を向けて去っていった。

龍平は唇をわなわなと震わせながら、だったらなんでそんなに怒ってるんだ、と胸底でつぶやいた。

新入生たちが龍平のことをからかっているだけなのは、たしかにそうかもしれない。はしゃぐための相手が欲しいから、龍平を取り巻いているというところもあるだろう。

だが、そう思っているのなら、なぜそれほどツンケンした態度を見せるのか。上から目線で「頭悪い」とまで罵《ののし》られなくてはならないのだろうか。

民宿の部屋に行っても怒りは治まらなかった。

そんなふうに馬鹿にするなら、もっと見せつけてやろうと思った。

その気になればサディストだって演じられるのだから、モテモテのチャラ男を演じるくらい、わけもないだろう。

奈美と付き合うまでの一年間、サークルでいちばんモテる女に片思いし、ハラハラしていたのは嘘ではない。その気持ちを奈美も味わってみればいいのだ。そうすればもう少し謙虚な気持ちになって、人の話を素直に聞くようになるだろう。

バーベキューパーティが始まると、龍平はわざと新入生の席にまぎれて座った。二、三年の男子は完全に引いていたが、かまいやしなかった。ジェラシーの視線をはね除けるため、浴びるように酒を呑んだ。

龍平も強いほうではなかったが、十八歳の新入生たちはさすがに呑み慣れておらず、そもそも呑むのが初めてという者まで何人かいて、あっという間に酔っぱらった。真っ赤な顔で意味不明の言葉を叫び、ゲラゲラと笑い声をあげ、代わるがわる龍平に抱きついてくる乱痴《らんち》気《き》騒ぎになった。

オシャレなホテルのレストランなら、そこまで乱れなかっただろう。

大学生らしい初めてのイベント、慣れないアルコール、そして、潮風の吹く野外でのバーベキューパーティというシチュエーションが、彼女たちの心を解放し、暴走させたのである。

「ねえ、先輩。この中で付き合うなら、誰がいい？」

新入生のひとりが呂律《ろれつ》のまわらない口調で言い、

「そうだな。抱き心地で決めてやる」

龍平は、キャーキャー叫ぶ彼女たちを、今度は自分からハグしていった。

先輩や同期が座っている席の方から漂ってくる負のオーラは尋常ではなかった。トイレに立ったとき、「ちょっとはしゃぎすぎじゃねえ？」と窘《たしな》められもした。このままでは、この先自分と友達付き合いしてくれる者は皆無になるだろうという実感が、ひしひしとこみあげてきた。

それでいても騒ぐのをやめられなかったのは、泥酔してまともな判断力を失っていたからだ。あるいは、モテモテのチャラ男を演じることに、溺《おぼ》れていたのかもしれない。たとえからかわれているだけにしろ、十九年間生きてきて、これほどモテた経験は一度としてない。調子に乗ってしまうのも致し方ないという言い訳は、さすがに自分に甘すぎるだろうか。

「……ちょっと」

後ろから声をかけられ、振り返ると奈美が立っていた。優美な美貌からは色がすっかり抜け落ちて、眼だけが夜闇の中でナイフのように輝いていた。

スパーンッ！　と頬《ほお》を張られた。

騒いでいた新入生が息を呑み、水を打ったような静寂が訪れた。呆然としている龍平の頭に、奈美はさらに缶ビールをドボドボかけてきた。

「いい加減に頭冷やしなさいよ。キミ、幹事でしょう？　酔っぱらって羽目をはずすにも限度があるよ」

龍平はひと言も返せなかった。潮が引いていくように新入生たちは龍平のまわりから去っていき、眼を吊りあげた奈美に睨まれながら、みじめに濡れた姿で呆然と立ち尽くしていることしかできなかった。

4

新歓キャンプは新宿駅前のロータリーで解散になった。

時刻は午後六時過ぎ。ゴールデンウィークに入ったばかりということもあり、買い物帰りの人や、これから呑みに出ようという人たちで、新宿の街は活気づいていた。

「いったいどこまで行くつもり？」

奈美は旅行バッグをさも重そうな素振りで肩にかけ直した。

「あっ、うん……」

龍平は口ごもった声を返すしかなかった。話があるからと奈美を無理やり引っぱってきたのだが、どこで話をしていいかわからず、大ガードをくぐって歌舞伎町《かぶきちよう》まで来てしまったのだ。

一メートル置きに道を塞《ふさ》ぐ居酒屋の客引きが、閉口するほど鬱陶《うつとう》しかった。いっそ呼びこまれるままに入ってしまおうかと思ったが、酒はもうこりごりだった。

「静かなところで話がしたいんだ……静かなところで……」

無遠慮に声をかけてくる居酒屋の客引きをかわしつつ、奈美に聞こえるように言った。奈美からの反応はない。とにかく落ち着いて話ができる場所を確保したかったが、カフェも料理屋も、どこに入っても騒がしそうだ。

「なあ」

立ちどまって奈美を見た。

「そこでもいいか?」

龍平が眼顔で指したのはラブホテルだった。さすがに奈美の顔はひきつった。元より険しかった視線が、みるみる軽蔑の色に染められていく。

「べつに変なアレじゃないよ。ただ話がしたいだけだから。酒も呑みたくないし……」

言い訳がましく説明すると、

「……いいけど」

奈美が溜息まじりにうなずいたので、ラブホテルの門をくぐった。

歌舞伎町の目立つところにあるラブホテルだけあって、西洋のお城のように豪華な外観をしていた。部屋に入ると、もっと驚かされた。出会い系サイトで知りあった人妻と入ったところに比べて倍以上広い。五十インチはありそうなテレビやカラオケ、ダーツゲームのマシンまで装備された様子は、ただ淫《みだ》らな汗をかくためだけの場所ではなく、アミューズメントパークさながらの雰囲気だった。

龍平と奈美は狭いソファに並んで腰をおろした。

スペースがあるくせに、異様に狭いソファだった。おそらくわざとだろう。黙っていても体が密着できるようにという、ホテルのオーナーの心遣いに違いない。

だが、今日ばかりはそんな気遣いがありがた迷惑だった。このソファで肩を並べたことのある男女で、ここまで気まずげなカップルもなかなかいないだろうと、龍平はちんまりと背中を丸めながら思った。

「最初に断っとくけど……」

両膝を握りしめ、声を低く絞った。

「俺は守川とモメたくない。喧嘩したくないんだ。そのことだけは、最初にはっきり言っておく」

奈美は黙っている。

「で、それを踏まえて言うとだな、要するに酒を呑みすぎちゃったんだよ。知ってるだろう？　普段の俺は、あんなふうにはしゃぎまわるキャラじゃないって……」

奈美はまだ黙っている。

「それについては謝るよ。でもさ、守川の仕打ちもけっこうひどかったぜ。みんなの前でビンタしてビールかけて……俺の面目丸潰《まるつぶ》れじゃん？　そうだろう？」

龍平は笑ったが、奈美はニコリともしなかった。

広々とした室内に、重く気まずい沈黙が流れていく。

「……コーヒーでも淹《い》れるか」

部屋の隅にコーヒーメイカーが置かれているのが眼につき、龍平は立ちあがった。作業しながら、奈美が口を開くのを待っていた。もっとはっきり言えば、こちらが先に謝れば、彼女も謝ってくれるはずだと思っていた。

もちろん、悪いのは龍平のほうだ。

しかし、彼女にしても少々やりすぎなところがあったはずである。注意するならするで、人前をはずして注意してくる気遣いくらいはあってもよかったのではないだろうか。

なにも自分に対してだけの話ではない。

奈美があああいう形で怒りをぶちまけたせいで、明るく楽しいはずの新歓キャンプは台無しになった。それもまた事実なのだ。バーベキューパーティのあとの花火大会は中止になり、今日になっても白けきった雰囲気を引きずったまま、龍平は帰路のバスの中で針のむしろに座らされている気分でいなければならなかった。

「どうぞ」

龍平は湯気のたつコーヒーカップをソファの前のテーブルに置いた。

隣に座り直しても、奈美はまだ押し黙ったままだった。

「なんか言うことないのかよ?」

龍平が水を向けても、

「べつに……」

と冷たくやりすごすばかりである。時折、軽蔑の浮かんだ視線を投げてきては、鼻で笑うような表情を見せる。

(ちくしょう……)

龍平は内心で舌打ちした。元から尊大な性格な女だが、こうなってしまうと手に負えない。長所と短所は裏腹で、彼女がいつもツンと澄ましている顔に龍平はひと目惚れしたわけであるが、こうも頑なに拒絶の態度を示されると嫌になってくる。

もしいまが付き合う前の段階だったら、恋心だって冷めたかもしれない。

龍平が逆ギレしなかったのは、たったひとつ、彼女と肉体関係があったからだ。

いまの彼女は頭にくるが、その同じ顔、同じ体で、自分と恍惚を分かちあったことがあるからだ。

それも一度ではない。勃起しきったペニスで貫かれ、あえいでいた彼女の顔を思いだせば、少しは溜飲もさがった。AV女優も裸足で逃げだすようなあられもない顔をしてよがっていたくせに、よくそんな澄ました顔をしていられるな、と思ってしまう。

（ったく……）

気まずい沈黙にうんざりしているうちに、ラブホテルに入ったのは正解だったかもしれない、とふと思った。

話しあいが膠着《こうちゃく》して前に進まないなら、いっそ押し倒してしまったらどうだろう。

それも、紗栄子と初めて会ったときにしたような、目隠しをして手脚を拘束し、延々とクンニリングスを施《ほどこ》してやったら、奈美はどんな反応を見せるだろうか。

想像しただけで気分が落ち着かなくなり、ソファから腰が浮きあがりそうになった。

ＳＭについていろいろと調べていたとき、普段の性格とベッドでの性格が正反対になる法則というものをよく眼にした。

奈美のように普段ツンツンしている女は、実は本性のいちばん底の部分に、マゾヒスティックな性癖が隠されていてもおかしくないのだ。彼女のような女こそ、目隠し拘束プレイに大いにハマり、ひいひいと声が嗄《か》れるまであえぎまくるタイプなのかもしれないのである。

考えてみれば、龍平の部屋以外で、奈美とセックスをしたことがなかった。ラブホテルならベッドは広いし、近隣を気にせず声だって出せる。いままで以上に激しく乱れ、いままで味わったことがないほどの快感に、溺れさせることだってできるかもしれない。

「なあ……」

龍平は奈美の肩に手をまわした。うっとりした顔で彼女を見つめ、口づけを迫ろうとすると、

「あのね……」

奈美は龍平の体を押し返し、キッと睨みつけてきた。

「これ以上、幻滅するようなことしないでくれないかな。わたしいま、別れ話がここまで出かかってるんだから」

言いながら、喉元に手をやる。

「別れ話って……」

龍平はさすがに焦《あせ》った。

「そんな大げさな話じゃないだろう？　ひどいこと言うなよ」

「でもわたし、本当に嫌いになりかけてるもの。手島くんのこと」

「いや、あのさ……昨日のことは反省してるって言ってるじゃないか。飲みすぎてたんだ

よ。それだけのことさ」

「口だけで全然反省なんてしてないじゃない。いまキスしようとしたもんね？　ううん、はっきり言って押し倒そうとしてた。都合が悪くなったから、セックスで誤魔化そうというのが見え見え。そんなの最低じゃない。超薄っぺらい」

「いや、ちょっと待ってくれよ……」

龍平は溜息まじりに苦笑した。

「いくらなんでも、それは言いすぎじゃないか。思いだしてみろよ、新歓キャンプに行くまで、俺たちすげえうまくいってたじゃん。とくにセックスがうまくいってた。俺、守川とセックスしてるとき、すげえ幸せだったしさ……」

「露骨……」

奈美は頬を赤く染めて、顔をそむけた。

「だいたい、それにしたってわたしが手島くんに合わせてたんだよ」

「……どういう意味だよ？」

「手島くん、いくらわたしがやめてって言っても、あそこをしつこく舐めてくるじゃない。わたし、恥ずかしいから嫌だって言ってるのに……する前にシャワーだって浴びさせてくれないし、自分も浴びないでしょ。普通はさ……女の子のこと大事にしようって気がある男の人ならさ、そういうことしないんじゃないかな？　女の子の心と体、もっと大切に扱ってくれるんじゃないかな?」

龍平は頭の血管が音を立てて切れていくのを感じた。

そんなこと言うけど、おまえ俺のクンニでイキまくってたじゃないか、と言ってやりたかったが、いちばん頭にきたのはそのことではない。

「誰と比べてんだよ?」

声を低く絞り、睨みつけた。三十手前、独身。外資系企業に勤めるエリートバンカーの影が脳裏にチラつく。

「誰と比べて、人のセックスにイチャモンつけてるんだ?」

「べつに……」

奈美は失笑した。美人の失笑というものは、本当にカチンとくる。

「誰とも比べてませんけど」

「比べてるよ。いつだってそうじゃないか。正常位しかさせないのだって、他の男といろんな体位試してみて、あんまりよくなかったから俺にはさせてくれないんだろ。わかってんだよ。守川はモテるから、いままでいろんな男とやりまくってきたんだろ」

「……馬鹿みたい」

奈美はそっぽを向いて、吐き捨てるように言った。

「前から思ってたけど、そういうところ直したほうがいいよ」

「なんだよ、そういうところって？　はっきり言ってみろよ」

「子供っぽいところ」

「はあ？」

龍平は気色《けしき》ばんだが、奈美は会話を打ちきった。装飾過多な広々としたラブホテルの室内を、気の滅入《めい》るような重苦しい沈黙だけが支配した。

5

深夜、アパートに帰った龍平はくたくたに疲れきっていた。

結局、新宿のラブホテルで、奈美とセックスはできなかった。とてもそんな雰囲気ではなく、口論のあと、休憩時間いっぱいまでお互いに押し黙ったままだった。つまり、別れ話も曖昧《あいまい》になったわけだが。龍平的にはもう気持ちが切れてしまった。ラブホテルを出るときには、怒りより、哀しみより、寒々とした喪失感だけを抱えていた。

奈美は性格がキツすぎる。

チヤホヤされるのに慣れているせいか自分が引くことを知らないし、男のメンツを立てようという気もゼロだ。こちらが素直に謝っているのだから、彼女も態度を軟化させてくれたっていいのに、そういう素振りはいっさいない。あまつさえ、人のセックスに文句をつけてくる無神経さだ。

なるほど、三十手前のサラリーマンに比べれば、自分はたしかに子供だろう。外資系企業に勤め、世界を股にかけているエリート様なら、ベッドマナーだってさぞや洗練されているに違いない。

しかし、こちらだって彼女とセックスをするために、血の滲むような努力を重ねてきたのだ。そんな思いを知らないで、文句ばかりつけてくるなら、もう付き合いきれなかった。愛のあるセックスでしっかりと結ばれていると感じていたのは、こちらの一方的な誤解だったのだろうか。

「冗談じゃねえよ、まったく……」

ベッドに体を放りなげ、深い溜息をついた。ベッドがギシギシと軋み、奈美とのセックスの記憶が蘇ってきたが、いまはただ鬱陶しいだけだった。このベッドで体を重ねた女は奈美だけだ。これから毎日、眠りにつく前に彼女のことを思いだすのかと思うと、やりきれない気分になってくる。

携帯電話がメールの着信を告げるメロディを奏でた。

紗栄子からの定期便だ。

【メールをするのは、これで最後にしようと思います】

ドキッとする始まり方だった。

【もう待つことに、疲れ果ててしまいました。これ以上の放置プレイは、とても耐えられそうにありません。いままでふつつかなわたしを調教していただき、ありがとうございました。わたし、新しいご主人様を探すことにします。いいえ……あなた以上のご主人様なんてきっと見つからないでしょうから、探すのはただの男でしょうね。ゆきずりの男……このままだとわたし、自分の欲望に自分を押し潰されてしまいそうです。いまでさえ、ゆきずりの男にめちゃくちゃに犯されたいという異常な性欲に、突き動かされてしまいそうなのですから】

龍平はそのメールを三回読んだ。これで最後という言葉が、せつなく胸を締めつけた。ひ返事はしていなくても、彼女からの定期便をどこか楽しみにしていたのかもしれない。ひとまわり年下の男を相手に、執拗に逢瀬《おうせ》を求め、淫らなセルフポートレイトまで送ってくる態度は、滑稽で哀れだったけれど、健気さも感じないわけにはいかなかった。

その彼女が、新しいご主人様を探すという。

初心者とはいえ、紗栄子のマゾヒスティックな性癖は本物のようだから、今度は大学生の偽サディストなどではなく、本物のサディストと本物のＳＭプレイをすればいいのかもしれない。

「これで彼女ともさよならか……」

耐え難い喉の渇きを覚えて、龍平はキッチンへ向かった。蛇口から勢いよく水を出し、両手ですくって飲んだ。

紗栄子のあえぐ顔が脳裏にまざまざと蘇ってくる。

清楚《せいそ》な美貌を生々しいピンク色に染めあげ、それをくしゃくしゃに歪めきって、あさましく恍惚をむさぼる顔だ。

彼女は淫蕩《いんとう》な女だから、誰が相手でも、あの顔を見せるに違いない。龍平の愛撫でなくても、もてあました欲求不満をスパークさせ、何度も何度もオルガスムスに昇りつめていくのだ。

腹がふくれるほど水を飲んでも、気分は落ち着かなかった。

携帯電話を手にして、もう一度紗栄子からのメールを読んだ。

【ただめちゃくちゃに犯されたい】

という文字が頭の中でぐるぐるとリフレインし、衝動的にレスを打った。

【辛抱の足りない奴隷だな。たった二、三週間放っておいただけで、もう新しいご主人様のことを言いだすなんて、尻が軽すぎる】

送信ボタンを押してから、レスをするべきではなかったという後悔がこみあげてきた。

彼女との連絡を絶ったのには、それなりに理由があったのだ。いちばん大きかったのは
もちろん奈美の存在だが、いちおう紗栄子にも気を遣っていたのである。二度と会う気がないのなら、いたずらに連絡を取りあうことは、彼女を傷つける結果になると思っていた

のに、我慢できずに返事をしてしまった。

メールが返ってきた。

【信じられません。レスをいただけれるなんて……。待っていてもいいんですか？　ずっと先でも、わたしはかまいません。どんな辱《はずかし》めを受けても、耐えてみせます。もう一度会ってもらえるって約束していただけるなら、新しいご主人様なんて探すわけがありません。許してください】

龍平は天を仰いだ。そんな約束なんてできないから、連絡をしたくなかったのだ。彼女がただの欲求不満の人妻なら、いますぐ会ってもかまわない。むしろ会いたい。奈美と喧嘩してむしゃくしゃした気分を、三十一歳の人妻とのドロドロの情事に溺れることで忘れてしまう、という選択肢だってあっただろう。

しかし、紗栄子はM女志願の変態性欲者だった。

そういう性癖を馬鹿にしているのではない。そうではなく、彼女に会うためには、それなりの準備が必要なのだ。こちらがサディストを演じているだけの偽物であれば、なおさら綿密に練りあげられたシナリオがいる。

はっきり言って、前回のシナリオを超えるものを書ける自信がなかった。

あのときはさまざまな偶然が重なって、奇跡的なプレイが成立したのだと、いまなら断言することができる。

地下鉄で痴漢に遭遇したことが、もっともわかりやすい例だろう。シナリオにはないアクシデントが発生し、そのアクシデントをシナリオに取りこむ形でプレイをエスカレートさせたのに、トラブルが発生しなかったことが奇跡だ。その後、野外で性器を繋げたにもかかわらず、誰にも見つからなかったこともそうだろう。もう一度同じことをやろうとしても、不可能に違いない。

「絶対無理だよ、あれ以上は……」

独りごちながらデスクに着き、ノートパソコンを立ちあげた。

以前書いたシナリオのファイルを開き、読んでみる。

デパートの制服姿の紗栄子にいたずらをするだの、満員電車に連れこんで無線ローターで責めるだのといった変態的なプレイを、きちんとした台本の形式で書いているのがひどくおかしくて、我ながら苦笑せずにはいられなかった。

もし、もう一度紗栄子と会うとしたら、どんなプレイが盛りあがるだろうか。

戯《たわむ》れに考えながら、パソコンをネットに繋ぎ、かつて熟読したSM系のサイトを巡ってみる。

前回のシナリオは偽サディストとM女志願の初心者を演者に想定していたから、ハードなプレイは最初から避けていた。しかし、SMの世界は奥が深い。中には身を削るようにしてプレイに没頭している、求道者《きゅうどう》的なマニアまで存在する。小道具ひとつとってみても、羽根や筆やローター以外に、さまざまなものが売られているのだ。

すぐに夢中になっている自分に気づいた。

だがそれは、もう一度紗栄子に会うためではない。

夢中になっていることが重要だったのだ。

戯れにでもＳＭプレイのシナリオを考えていれば、奈美と喧嘩したことについて考えずにすんだ。新歓キャンプをめちゃくちゃにしてしまった以上、これから先サークルに居場所がないであろうことも、友達を何人も失《な》くしてしまったことも、頭の中から追いだすことができた。

第六章　獣のリアル

1

東京でクルマを運転するのは初めてだった。郷里の田舎では親のクルマを乗りまわしているが、東京のように混雑する道を走る気にはなれない。

ただ、女と一緒に移動する手段としては好都合だった。

わナンバーのプリウスの助手席には、紗栄子が座っている。マリンブルーのワンピースが、初夏らしくてとてもいい。つやつやと輝く長い黒髪から、香《かぐわ》しい女の匂いが漂《ただよ》ってくる。

仕事帰りの彼女を銀座でピックアップしてから、龍平はまだひと言も彼女と口をきいていなかった。ひたすら北に向かってアクセルを踏みつづけるばかりで、目的地すら教えていない。

紗栄子の清楚《せいそ》な美貌は不安に曇《くも》っていた。

なにしろ今夜は、泊まりの約束で連れだしたのだ。

人妻のくせに、外泊をOKするなんてふしだらな女だと思う。龍平が誘うと、彼女はふたつ返事で乗ってきた。

【ありがとうございます。こんなに早く逢瀬《おうせ》の夢が叶うなんて思っていませんでした。ご都合はすべて合わせます……】

メールからは、滑稽《こっけい》なほどの必死さが伝わってきた。少しばかり夫と険悪なムードになったとしても、龍平との逢瀬のチャンスを逃したくなかったのだろう。

だから、紗栄子の清楚な美貌には、不安と同時に期待も見え隠れしている。今夜はひと晩中、肉欲に溺《おぼ》れることができるのだと想像を巡らせ、すでに股間さえ熱く疼《うず》かせているかもしれない。

どういう心境の変化で彼女と再び会うことにしたのかといえば、シナリオを書きあげてしまったからだというしかない。もちろん、その裏には奈美と険悪なムードになってしまったという現実もあるけれど、根本的にはシナリオの力だった。それなりに熱中して書いたシナリオには、上演を求める強制的な力があるのである。

プリウスは都会の喧噪《けんそう》を離れて走りつづけた。

約一時間のドライブを経て、埼玉にあるラブホテルに到着した。

砂利を積んだトラックが疾走していく国道沿いの殺伐《さつばつ》とした景色の中、『キング&クイーン』という派手だが古ぼけた看板を出したラブホテルがポツンと一軒だけ建っていた。ひらひらした目隠しのカーテンをくぐって、プリウスは地下にある駐車場に入った。

郊外のホテルらしく、建物自体も大きかったが、部屋も広かった。

古めかしい金属製の扉を閉める音が、ガランとした室内に響いた。お世辞にもゴージャスとは言い難《がた》いが、それなりに手入れが行き届いていて、欲情した男と女が一夜を過ごすのに必要なものはすべて揃っていた。

【わたし、結婚してからひとりで外泊するなんて初めてかもしれません】

などと紗栄子はメールで言っていたが、密室でふたりきりになると、そんな暢気《のんき》な感慨はどこかに吹き飛んでしまったらしい。靴を脱ぐことすら忘れて、部屋の中央で息を呑んで立ちすくんでいる。

原因は龍平にもあった。会った瞬間から龍平が漂わせている殺気にも似たピリピリした緊張感のせいで、紗栄子は容易に口もきけないのだ。

「言われた通り、パンツは穿《は》かないで来たろうな」

龍平は紗栄子に鋭いまなざしを向けた。夜道を運転しなければならないので今日はサングラスをかけていなかったが、彼女と会うのももう三度目である。素顔でも威圧できるようになっていた。

「はい」

紗栄子がうなずく。

「見せてみろ」

龍平が言うと、紗栄子は両手を首の後ろにまわし、ワンピースのホックをはずした。そのまま脱いで、白いレースのブラジャーを露《あら》わにした。下半身は、ナチュラルカラーのストッキングを直穿きにして、黒々とした恥毛が透けていた。

マリンブルーのワンピース姿はどこまでも爽やかだったのに、脱いだ途端に淫靡《いんび》な空気が漂った。恥毛が透けた股間はもちろん、ナイロンに包まれた太腿《ふともも》から三十一歳の色香が匂いたった。白黒コンビのパンプスを履いたままなのもいやらしい。

「ブラも取るんだ」

「はい」

紗栄子はもはや立派に性奴隷《どれい》だった。ひとまわりも年下の男の言うことを、躊躇《ためら》いもせずに受けいれる。ブラジャーをはずして、量感豊かな乳房を見せる。腕で隠したりすると咎《とが》められるとわかっているらしく、両手を伸ばして気をつけの姿勢をとった。

「ううう……」

ストッキング一枚で裸身をさらした彼女の顔は、さすがに恥辱《ちじょく》で歪《ゆが》んでいたが、龍平のご機嫌をとろうと必死になっているようだった。せっかく外泊までしてひと晩調教を受けられるのだから、めくるめく時間にしたいと願っているのだろう。

むろん、それは龍平も同じだった。

「よし。それじゃあこれを着てもらおうか」

バッグから服を出してベッドにひろげた。

セーラー服だった。

白い生地に赤いリボンの夏服である。スカートは紺のプリーツで、屈めば尻が見えるくらいに裾《すそ》が短い。ネットオークションで購入した中古品だが、初代の持ち主はずいぶんとハジけた子だったようだ。

「こ、これを……」

紗栄子は眼を見開き息を呑んだ。それも当然だろう。セーラー服はティーンエイジャーが似合うようにデザインされている。彼女も十代のころは、それはそれは似合ったに違いない。

しかし、いまは三十一歳の人妻だ。熟《う》れた体にそれを着ければ、卑猥《ひわい》なまでにミスマッチであることは容易に想像がつく。

「早くしろよ」

龍平は苛立《いらだ》ちを隠さずに言った。

「まさかと思うが、せっかく用意しておいたのに、気に入らないのか」

「い、いいえ」

紗栄子はあわてて首を横に振ると、セーラー服を手にした。豊満な胸のふくらみを揺らしながら、青春のシンボルとも言えるコスチュームに袖を通した。

「ううっ……」

ノーブラにもかかわらず、脇のファスナーがなかなか閉まらなかった。乳房が大きいせいもあるし、セーラー服のサイズがやや小さめだったせいもある。ようやくのことで上まであげると、ボディコンシャスの服のように白い生地が体にぴっちり張りついて、赤い乳首を薄く透けさせた。

続いて、裾が短すぎるプリーツスカートに脚を通すと、呆《あき》れるほど卑猥な光景が出現した。ナチュラルカラーのナイロンに包まれた太腿が、ほとんど全部剝《む》きだしになり、尻のサイズが大きいせいで、スカートが傘のような状態にひろがった。

「こっちに来るんだ」

龍平は紗栄子の手を取り、姿見の前に移動した。

「あああっ……」

鏡に映った自分の姿を見た瞬間、清楚な美貌がくしゃくしゃに歪んだ。裸でいるよりなお恥ずかしく、いやらしい格好をした女が、そこに映っていたからである。

しかし、彼女はマゾヒストだった。

その性癖《せいへき》は、もはや本物と呼んで間違いないだろう。前回のプレイでM女志願が見事に開花し、晴れて一人前の変態性欲者になったと言っていい。

「ううう、恥ずかしいですっ……こんな格好っ……」

恥辱に歪んだ顔で言いつつも、瞳がねっとり潤んでいく。裸でいるより恥ずかしく、いやらしいコスチュームプレイに酔っているのだ。龍平の視線を意識してはもじもじと身をよじり、太腿をこすりあわせはじめる。

龍平はしばし無言で眼福を愉《たの》しんだ。

想像以上のエロティックさだった。そこまできっちり計算していたわけではないが、サイズがやや小さいところがすこぶるいい。小さなセーラー服にむちむちの熟れたボディを強引に詰めこんでいる様子が、身震《みぶる》いを誘うほど淫《みだ》らである。

この場で押し倒したい衝動がこみあげてきた。

ひとまず足元にしゃがみこませ、フェラチオをさせれば、すさまじい愉悦を味わえるに違いなかった。

しかし、そんなことはシナリオには書かれていない。

龍平はシナリオ通りに、バッグからアイマスクを取りだした。

男を誘う、ねっとりと濡《ぬ》れた瞳を隠すのはもったいない気がしたが、セーラー服に身を包んだ三十一歳の人妻から視界を奪った。

2

アイマスクをしただけで、紗栄子の呼吸は高ぶりはじめた。

かつて、新宿のホテルで初めて会ったときのプレイを思いだしたのかもしれない。あのとき龍平は、アイマスクをした紗栄子を、羽根や筆やローターでとことん愛撫した。しつこいクンニリングスで、潮を吹いてもイカせつづけた。そのプレイが再現される期待に、胸をふくらませているのだろうか。

だが、龍平は予定調和に同じプレイを繰り返すつもりはなかった。

そもそも、あのとき龍平はまだ童貞だったのだ。女を知り、セックスのやり方もわかったいま、童貞時代と同じことをするわけにはいかない。

「えっ……」

紗栄子が怯《おび》えた声をもらしたのは、ガチャという金属音が耳に入ったからだ。龍平が扉を開けたのだ。続いて紗栄子の手を引いた。怯えは一瞬にして全身に及び、セーラー服に包まれた三十一歳の体が小刻みに震えだす。

「どこに……どこに行くんです？」

紗栄子の問いかけに、龍平は答えなかった。黙って手を引き、廊下に出た。背後でガチャヤンと扉が閉まった。その音で、紗栄子はどこに連れだされたのかはっきりわかったはずである。

「いっ、いやっ……」

超ミニのプリーツスカートから伸びた両脚がガクガクと震えだし、紗栄子はいまにも踵《かかと》の高いパンプスを履いた足を挫《くじ》きそうだった。

「部屋にっ……部屋に戻ってくださいっ……」

「所詮はラブホの中だ」

龍平は身をすくめている紗栄子の腰に手をまわし、耳元でささやいた。

「見つかっても、警察までは呼ばれないだろう。せいぜいお説教くらいさ。これからオマンコしようって客なら、いい余興だとジロジロ見てくるかもしれないけど」

「嘘っ……嘘でしょ……ぅんんっ！」

龍平は紗栄子の唇を奪った。異様に興奮していた。窓のない内廊下は暗く、湿り気を帯びた沈黙に支配されている。いまは人影がないが、いつ誰がやってくるのかわからない。そのスリルが、口づけに熱をこめさせる。

「ぅんんっ……ぅんんっ……」

目隠しをされた紗栄子は、龍平の何十倍ものスリルを味わっているはずだった。龍平は口づけをしながら、ゆっくりと歩きだした。廊下は静まり返っていたが、時折ドア越しに声が聞こえてくる。オルガスムスを求める切迫した女の悲鳴が、湿り気を帯びた沈黙を震わせ、舌を吸われてあえいでいる紗栄子の耳にも流れこんでいく。

「くぅうっ！」

セーラー服の上から乳房を揉むと、紗栄子は口づけを続けていられなくなった。必然的に足もとまる。龍平はわざとその場で乳房を揉んだのだった。ドア越しに聞こえてくる女の悲鳴が、もっとも生々しかったからだ。

「ねえ、イッちゃいそうっ……わたし、イッちゃいそうっ……もうイッちゃいそうよおおおーっ！」

ハアハアとはずむ呼吸音とともに破廉恥《はれんち》な声が聞こえてくる中、紗栄子はセーラー服に包まれた乳房を揉みしだかれていた。アイマスクの下の美貌がみるみる真っ赤に染まっていき、龍平が白い生地越しに赤い乳首をコチョコチョくすぐり始めると、激しく腰を振って身をよじりだした。

「ふふっ、そんなに動いたらマン毛が見えるよ」

龍平はからかうように耳元でささやいた。

「いまそこのエレベーターから誰かが降りてきたら、めくれたプリーツスカートの下から、パンスト直穿きの股間がこんにちは、だ」

「くぅううっ……くぅううっ……」

唇を噛《か》みしめて必死に声を押し殺す紗栄子の乳房を、龍平は揉みくちゃにした。セーラー服の伸縮性のない硬い生地に包まれたふくらみを揉みしだくのは、それはそれで興奮を誘った。卑猥に透けた赤い乳首が、生地の向こうでぽっちりと尖《とが》りはじめた。

紗栄子も興奮しているのだろう。やがて、パンスト直穿きの股間から、獣じみた匂いが漂ってきた。恥辱に震えていた両脚が、いつの間にかいても立ってもいられないという風《ふ》情《ぜい》で、足踏みをしはじめていた。

龍平は愛撫の手をとめて歩きだした。廊下の突きあたりはエレベーターだったが、その脇にある階段を昇っていく。

「いっ、いやっ……」

羞《は》じらい、躓《つまず》きそうになる紗栄子をリードして踊り場まで行くと、片足を階段にのせた。両脚をL字に開く格好にして、その下にしゃがみこんだ。

「あああぁっ……」

股間に男の鼻息を感じ、紗栄子が白い喉を突きだす。龍平がストッキング越しに女の割れ目を舐《な》めはじめると、両手で頭をつかみ、十指で髪を掻《か》き毟《むし》ってきた。

「むううっ！　むううっ！」

龍平は鼻息も荒く舌を躍らせた。ナチュラルカラーのナイロンにぴったりと覆われた女の割れ目を、ねろり、ねろり、と舐めあげた。興奮が伝わってきた。怯えたフリをしていても、彼女はやはり本物のマゾだった。一歩間違えば人間性を疑われるような赤っ恥をかいてしまう、このシチュエーションに燃えている。

「くううっ……くぅううう――っ！」

龍平の頭をつかんで身をよじり、L字に開いた両脚の中心を押しつけてくる。股間をしゃくるように腰をひねっては、ナイロンの奥で熱い蜜を大量に漏らす。

一瞬、動きがとまったのは、チン、とエレベーターのベルが鳴ったからだ。

ゴンドラの到着を合図する音だった。

階段の踊り場が、廊下から死角になっていることを知っている龍平は動じなかったが、なにも見えない紗栄子は、エレベーターの扉が開く音にも、カップルのかすかな足音にも敏感に反応し、身をすくめる。

だが、それも束の間のことだった。

足音が遠のいていくと、再び腰を振りはじめた。むしろ先ほどより熱っぽく身をよじって、ナイロン越しのもどかしい愛撫によがり抜く。

「ああぁっ、ダメッ……」

太腿をぶるぶると震わせ、声を殺しながらあえぐ。

「イッ、イッちゃいそうっ……イッちゃいそうっ……」

「おいおい……」

龍平は股間から口を離して苦笑した。

「いくらなんでも、イクのは早いだろう」

「でも……でも、わたし……わたし、ずっと待ってたから……」

せつなげに身をよじる紗栄子からは、欲情と健気《けなげ》さが矛盾《むじゅん》なく同居し、龍平の胸をざわめかせた。サディストの愉悦があるとするなら、M女のこんな姿の延長線上にあるに違いなかった。

しかし、この場所であまり長々と責めているわけにはいかない。

立ちあがり、さらに階段を昇っていく。

「えっ？　ええっ……」

眼が見えなくとも、部屋から遠のいていることだけは、紗栄子にもわかるようだった。

最初にふたりが入った部屋は三階だったが、龍平は紗栄子の手を引いて最上階の五階まで昇っていき、廊下を進んだ。突きあたりにある、ＶＩＰルームとプレートの付いた扉の前に立った。

金属の扉をノックすると、

「な、なにをっ……」

紗栄子は言った。声を押し殺していても、焦《あせ》っているのは隠しきれない。

「ここはっ……ここはどこなんですっ……わたしたちの部屋じゃないっ……」

「気になるなら、自分で確かめてみればいい」

龍平は耳元でささやいた。

「でも勇気がいるよ、ここで目隠しをはずすのは」

「ううう……」

紗栄子は動けなくなった。アイマスクに隠された美貌から、みるみる血の気が引いていき、紙のように白くなった。

3

扉が開いた。

現れたのは、上品なダークスーツに身を包んだ五十代の紳士だった。

名前をカワバタという。ギョロリと眼を剝いて龍平を見てから、その後ろで震えている紗栄子を見た。アイマスクときわどいセーラー服のコスチュームに、淫靡な笑みをもらす。

「どうぞ」

カワバタにうながされ、龍平と紗栄子は部屋に入った。紗栄子の震えは尋常ではなく、腰を支えていなければ、その場にしゃがみこんでしまいそうだった。

扉の奥は、古ぼけた外観に似合わない、ゴージャスな空間がひろがっていた。ゆうに三十畳はあるスペースに、ガラス張りの壁、まばゆいばかりのシャンデリア、重厚な革張りのソファセット、ベッドルームは独立したスイートルーム仕様——あとからこの部屋だけ内装に手を加えたことが一目瞭然だった。いわゆるラブホテルのパーティルームだが、首都圏に存在するラブホテルの中でも屈指の豪華さであると、好事家《こうずか》の間では評判の場所であるらしい。

先客はカワバタひとりではなかった。

ダークスーツの男にドレス姿の女が、ざっと五組ばかりそこにいた。全員が新たなゲストの登場に、眼を輝かせている。好奇心に満ちた視線を、ぴちぴちのセーラー服を着てアイマスクをした女に注ぎこんでいる。

目隠しは視線を敏感に感じさせるようになるものだ。人の気配も伝わっているようだったので、紗栄子は怯えた。龍平の腕に、痛いくらいの力でしがみついてきた。

「こ、ここは……ここはいったい……」

「自分の眼で確かめてみればいい」

龍平は紗栄子からアイマスクを奪った。

「いやっ！」

紗栄子は悲鳴をあげ、龍平の腕に顔を押しつけたが、いつまでもそうしているわけにはいかなかった。やがておずおずと顔をあげた。自分に降り注ぐ熱い視線に表情を凍りつかせ、ぶるぶるっと全身を打ち震わせた。

「スワッピングパーティの会場さ」

龍平は言った。

「これから乱交パーティが始まるんだよ。もちろん、キミにも参加してもらう」

「そんな……」

紗栄子は清楚な美貌をひきつらせた。

「予想以上の美人だな」

カワバタは紗栄子を見てうっとりと眼を細め、口許に笑みをもらした。彼は医者らしい。他の参加者も、弁護士や会社役員や資産家など、それなりのエグゼクティブだという。なにしろ、このパーティの参加費はひとり十万円なのである。

もちろん、十九歳の貧乏学生に、そんな高額な参加費を払うことなどできない。龍平と紗栄子は参加費不要の特別ゲスト扱いである。

龍平はカワバタとインターネットのSNSを通じて知りあった。紗栄子を責めるためのシナリオを練っているとき、関わりをもったマニアックな変態性欲者のひとりで、SNSの中にスワッピングに関するコミュニティをもっていた。カワバタはセックスがらみのパーティを手広く主催していたので、SNSによって新規参加者を募《つの》っていたのである。

龍平はスワッピングパーティそのものに興味があったわけではない。

正直に言えば、パートナーを交換する乱交パーティなんて、セックスがマンネリ化した中高年夫婦のためのものだと思っていた。

しかし、紗栄子に痴漢《ちかん》プレイ以上の快感を与える方法を模索する中、スワッピングパーティは「使える」と思ったのだ。うまくシナリオに組みこめば、あのとき以上の衝撃的なシチュエーションを生みだせるはずだと確信した。

カワバタにはこんなメールで話をもちかけた。

【僕には性奴隷がひとりいます。三十一歳の人妻で、マゾヒスティックな性癖の持ち主です。調教はかなり進んでまして、満員電車の中で痴漢をまじえてのプレイや、野外性交なども経験しています。そして、それらを超えるプレイを模索してるんです。僕はスワッピングパーティについてはまったくの門外漢ですが、たとえばこういったことは可能でしょうか？　彼女をみんなで犯してほしいんです。僕の前でめちゃくちゃに犯して、イキまくらせてほしいんです】

カワバタは食いついてきた。根っからの好色漢らしく、まずは満員電車でのプレイや野外性交について訊ねられたので、事細かに教えてやった。トドメは紗栄子の写真だった。パンスト直穿きで股間にローターをあてがっている艶《あで》姿を送ってやると、カワバタは色めき立った。

【なるほど、事情は了解した。参加費は必要ないから、ぜひとも彼女をパーティにエスコートしてきてもらえないだろうか。僕が主催しているパーティの中でも、とびきりのやつにご招待させていただく】

カワバタに送った写真に、紗栄子の顔は映っていなかったが、スワッピングパーティを主催するような男には、充分に色香も魅力も伝わったのだろう。

【パーティに参加したいのではなく、僕の性奴隷を輪姦《りんかん》してほしいんです】

龍平が念を押すと、

【もちろん、それでもＯＫだ。パーティが始まる前の余興……と言っては失礼だが、参加者の男全員で犯してあげることは可能だよ】

という返事がきた。

カワバタとのやりとりは、紗栄子にいっさい知らせていない。

会場が埼玉の郊外にあるラブホテルというのには少し不安を覚えたが、今回のシナリオにはスワッピングパーティの協力が不可欠だった。コンタクトをとったスワッピングマニアの中では、カワバタがいちばんフランクで、協力的な姿勢を見せてくれた。

事前に説明を受けていた通り、参加者の毛並みもよさそうだった。

部屋の中には、カワバタを含めて十人の男女がいた。

男の年齢は四十代後半から五十代後半、女は二十代もいれば四十代もいる。若い女はおそらく、妻ではなくて愛人の類《たぐい》だろう。龍平が目隠しをした紗栄子を連れて部屋に入ってきたとき、彼らは一様に好奇心に満ちた視線を向けてきた。

しかしいま、その眼の色にはっきりと変化があった。紗栄子が麗《うるわ》しい素顔をさらした瞬間、男たちは淫らがましく欲情をたぎらせ、女たちはジェラシーを燃え盛らせた。

よれたTシャツに色褪《あ》せたジーンズを穿き、チンピラじみたサングラスをかけた若い男のことなど、誰も気にしていなかった。秘密めいたスワッピングパーティの会場に、龍平はあまりにも場違いだった。

しかし、次のひと言で否応《いやおう》なく注目が集まった。

「おい、いつまでぼんやり突っ立っているんだ？」

サングラス越しに紗栄子を睨《ね》めつけて言った。

「いいか、よく聞けよ。ありがたいことに、ここにいるみなさまが、いまからおまえを寄ってたかって犯してくださるそうだ。オマンコがガバガバになるまでやってやってやりまくってくれるそうだから、よろしくお願いしますってご挨拶するんだ」

紗栄子が恥ずかしそうに唇を嚙みしめると、龍平に集まった驚愕の視線は、畏敬《いけい》の念に彩られた。

4

紗栄子がこのシナリオに乗ってくる可能性は五分五分だろう、と龍平は考えていた。正直なところ、六対四か七対三の割合で拒《こば》むだろうと予測していた。

いくらマゾヒストといっても、衆人環視の中での輪姦である。ラブホテルの廊下でクンニしているのを見つかるくらいのことが子供の遊びに思えるほど、女として恥という恥をかくことになるわけだ。

シナリオを書いていたときは、ただ熱く妄想をふくらませ、夢中になっていた。痴漢の魔の手にもてあそばれるより、野外で性交してしまうより、インパクトのあるプレイを探した。ハードプレイと呼ばれる緊縛や鞭《むち》打ちや蠟燭《ろうそく》や浣腸《かんちょう》などより、よほど衝撃的なプレイを見つけだしたという自負があった。

しかし、衝撃的であるだけに、紗栄子は拒否するかもしれない。その際には、すみやかに辞去させてもらうことをカワバタには前もって告げてあった。そうなった場合は、階下の部屋に戻り、ご主人様の命令を拒否した奴隷を、ひと晩中ねちねちいじめてやればいいだけだった。それはそれで、淫靡な陶酔に浸《ひた》れるような気がする。

だが……。

「ご挨拶って……どうすればいいんですか？」

紗栄子は震える声で言った。どこか視線が定まっていなかったが、必死になってまなじりを決しようとしている。

龍平は驚いた。

自分は彼女が拒否することを望んでいたのだと、そのときにわかった。無意識の底の本音の部分では、「輪姦なんていやです」と彼女に言ってほしかったのだ。

驚きはすぐに、落胆に変わった。「ご主人様にだけ犯されたい」と言わなかった紗栄子に対し、身をよじりたくなるような憎しみを覚えた。やはり彼女は、単なる淫乱だった。誰にでも股を開く、欲求不満の変態性欲者だった。

「わたしを犯してくださいって言うんだ……」

龍平は低く声を絞り、ギリリと奥歯を嚙みしめた。

「ただ言うだけじゃ、ダメだ。スカートをまくりあげて、恥ずかしいところをみなさんにお見せしながら言うんだ……」

「ううっ……」

紗栄子は唇を引き結び、ひきつった双頰を赤く染めた。いまにも泣きだしそうな顔をしているのに、腰をくねらせはじめる。超ミニのプリーツスカートを指でつまみ、おずおずともちあげていく。

ストッキング直穿きの股間が露わになると、どよめきが起こった。

なぜ、こんな状況でスカートをまくることができるのか、龍平には理解できなかった。

自分でシナリオを書いておきながら、狼狽《うろた》え、困惑してしまう。

そんな龍平を尻目に、紗栄子はぴちぴちのセーラー服に包まれた体から、濃密な牝《メス》のフエロモンを振りまく。ナイロンに透けた草むらを露わにしながら、震える声を絞りだしていく。

「わたしを……わたしをみなさんで犯してください……オ、オマンコが……オマンコがガバガバになるまで……寄ってたかって犯してください……」

部屋にいる男が、例外なくごくりと生唾《なまつば》を呑みこんだ。

「素晴らしいね」

カワバタが感嘆の溜息をもらしながら、龍平に細長いシャンパングラスを渡してきた。

「若いのにこれほどの美女を奴隷にしているなんて……ここまできっちり調教を施《ほどこ》してるなんて……尊敬してしまうよ」

龍平はシャンパンを呑んだ。味がまったくわからなかった。ただ強烈な炭酸が、渇いた喉にひどく染みた。

「いったいどこで手に入れたんだい？　やっぱりネットかな」

龍平は黙っていた。カワバタも返事を期待している様子ではなかった。分別がありそうな紳士面を赤く上気させ、眼をたぎらせて、紗栄子をむさぼり眺めていた。部屋にいる他の男たち、全員がそうだった。

一方の紗栄子も、吐息をみるみる熱っぽくしていった。燃えているのだ。

室内にいる男たちの視線を感じて、発情しているのだ。

龍平は体から力が抜けていきそうになった。なんだか自分ひとりだけが、この部屋の中で取り残されているような、虚《むな》しい気分になってしまった。

「それじゃあ……」

カワバタが声をかけた。

「望み通りに犯してさしあげようか」

まわりの男に目配せしつつ、スーツのジャケットを脱ぎ、ネクタイをはずした。いよいよプレイの始まりだった。ひとり取り残された気分の龍平をよそに、室内の男はみなズボンの前をふくらませている。カワバタに倣《なら》い、ワイシャツ姿になる。カワバタが先陣を切る格好で、全員が紗栄子を取り囲んだ。

「見れば見るほどいい女だ」

「本当にマゾなのかい?」

「寄ってたかって恥ずかしい目に遭わせてほしいんだな」

男たちは口々に言いながら、無遠慮な視線を紗栄子に向けた。サイズの小さいセーラー服に閉じこめられた豊満な乳房を、ぽっちりと浮かびあがった赤い乳首を、超ミニのプリーツスカートからこぼれた肉づきのいい太腿を、犯すように這うまなざしで視姦した。

「くぅうっ！」

紗栄子が声をあげたのは、カワバタが乳房をつかんだからだった。それが合図であったように、他の男たちも触手を伸ばしていく。十の手と二十の指が、セーラー服に包まれた三十一歳のボディにからみついていく。

「くぅううっ……んんんんんーっ！」

紗栄子は悶《もだ》えた。当たり前だ。全裸より恥ずかしい格好をさらして、五人がかりで愛撫されているのだ。満員電車の痴漢など、比較にならなかった。別々の男の手によって、左右の乳房が揉まれ、乳首がつままれている。極薄のナイロンに包まれた太腿の量感を、味わうように手のひらが這う。おまけにその様子を、軽蔑の失笑を浮かべる同性の前で見せ物にされているのだ。

「なんて綺麗な黒髪だ」

男のひとりが、紗栄子の髪を手にしてくんくんと匂いを嗅いだ。

「おっぱいもすごいぞ。張りがあるのに柔らかい」

日焼けした無骨な指が、セーラー服に包まれた乳房にぐいぐいと食いこむ。

「それに……感度も抜群みたいじゃないか」

カワバタは熱っぽくささやくと、プリーツスカートをめくりあげた。見るからに淫らな熱気を発していそうな股間をさらしものにし、恥毛を潰《つぶ》しているナイロン越しに、ねちねちと指を這わせていく。

「くぅうっ……あああああっ……」

紗栄子の口から、たまらず声がもれた。艶やかな悲鳴だった。まるで男たちを挑発する

ようなその声音が、愛撫に拍車をかけさせた。尻や太腿に、むぎゅむぎゅと指が食いこん

でいく。清楚な美貌がみるみる生々しいピンク色に染まっていく。

「ふふっ、いい顔になってきたな」

カワバタの指がナイロンに包まれた股間にすべりこみ、淫らがましくうごめいた。

「ああううっ！」

紗栄子は白い喉を見せてのけぞったが、倒れることは許されなかった。五人の男たちが

取り囲んで支えているし、股間に指が食いこんでいるから、しゃがみこんでしまうことも

できない。ナチュラルカラーのストッキングに濃密な繊毛を透かせたみじめな姿で、ただ

身をよじるばかりである。

「むむっ、見事な生えっぷりじゃないか」

カワバタがビリビリとナイロンを破ると、

「こいつはいやらしい」

「綺麗な顔して、スケベなマン毛じゃないか」

男たちの指という指が、恥毛をつまむために股間に集中した。

「ダ、ダメッ……」

紗栄子は両膝をガクガクと震わせた。

「もう立って……立っていられません……」

「よーし」

カワバタは男たちに目配せし、紗栄子の体からセーラー服を奪った。三十一歳の人妻をすっかり丸裸に剝いてしまうと、広々としたL字型のソファに移動し、寄ってたかって両脚を割りひろげた。

「いっ、いやあああああーっ！」

あられもないM字開脚に押さえこまれ、女の恥部という恥部をさらしものにされた紗栄子が、恥辱に歪んだ悲鳴をあげる。

5

男たちは複数プレイに慣れているようだった。

それもそのはずだ。パートナーを交換するスワッピングパーティには、複数の男がひとりの女を責めるような局面も多々あるのだろう。複数の男がひとりの女にむしゃぶりつけば喧嘩になりそうなものだが、彼らに諍《いさか》いの兆候はなく、女を恥辱と快楽の際へと追いつめるチームワークばかりが眼を惹《ひ》いた。

「あああっ……はぁあああっ……」

ソファの上でＭ字開脚に押さえこまれた紗栄子は、身をよじってあえいでいる。男たちが手指だけではなく、口や舌まで愛撫に使いはじめたからである。左右の乳首を、別々の男が口に含んでいた。左右の足指まで、別々の男がねちっこく舐めている。あわあわと悶える口には指が突っこまれ、舌をひらひらと嬲《なぶ》られている。

「ふふっ、興奮しちゃうね？」

女が龍平に声をかけてきた。

若い女だった。茶色い巻き髪をアップに纏《まと》め、乳房以外の上半身をほとんど露出した銀色のドレスを着けており、一見して水商売の女だと察しがついた。おそらく、金の力によってこんな淫らなパーティに参加させられたキャバクラ嬢かホステスだ。ＳＭとは別の意味合いで、彼女のような女もまた、龍平にとっては非日常的な存在だった。

「座ろうよ」

女が壁際のアンティークふうの長椅子を指差し、龍平は並んで腰をおろした。彼女にうながされるままだった。龍平はもう、立っているのも、座っているのもどうでもいい、木偶《でく》の坊《ぼう》のような状態だった。ただ呆然と紗栄子が責められる姿を見ていた。見れば見るほど、頭の中が真っ白になっていく。

「若く見えるのに、すごいね。あんな色っぽい人を奴隷にしてるなんて、驚いちゃう。いくつなの？　わたし十八」

隣の女はしきりに話しかけてきたが、龍平は顔も向けなかった。正確には、向けられなかった。男たちがいよいよ、紗栄子の女の花を責めはじめたからだった。

「ああっ、いやあああぁーっ！」

複数の手指に割れ目をひろげられ、紗栄子は泣き叫んだ。男たちの指先は無遠慮かつ非情だった。アーモンドピンクの花びらを容赦なく引っぱり、つやつやと濡れ光る薄桃色の粘膜を露わにした。クリトリスのカヴァーが剝かれ、アヌスや蟻《あり》の門渡《とわた》りまでいじりまわされている。

「……むっ！」

龍平は息を呑んだ。紗栄子のせいではなく、隣の女が不意に股間に手を置き、まさぐってきたからである。

「やあんっ、すごい硬くなってる。あんなところ見せつけられて、わたしもむらむらしてきちゃったの。あなたの奴隷はみんなに任せて、うちらも楽しみましょうよ。ねえ、セックスしよう」

「いや……」

股間をまさぐられる刺激に身をよじりつつも、龍平は首を横に振った。

「俺は参加費を払ってないから、見学だけっていう約束なんだ。スワッピングに参加することはできないんだよ」

嘘だった。カワバタからは場のムードさえ壊さなければ、自由に女を抱いてもいいと言われていた。

「ええっ？　そうなんだ……」

つまらなそうに唇を尖らせた巻き髪の彼女はかなりの美人で、髪型もメイクも装いも、同世代の女子大生にはない艶《なま》めかしい色香を放っている。普通なら、これほどの美女に誘われて、断ることなど考えられない。

しかし、いまは紗栄子から眼を離すわけにはいかなかった。

彼女を五人の男の手で犯させているのは、他ならぬ自分なのだ。最後まで見届ける責任が、龍平にはある。

シナリオを練っていたときにずっと頭にあったのは、満員電車で痴漢の魔手に襲われていたときの紗江子の悶え顔だ。彼女は卑劣な痴漢に尻を撫《な》でられながら、感じて、燃えていた。その様子を見た龍平もまた、体の内側でなにかが熱く燃えあがっていき、衝動的にローターのスイッチを入れて、紗栄子をさらなる窮地へと追いこんだ。

あの燃えあがる感情の正体は、いったいなんだろう。

それが知りたい一心で、こんなシチュエーションを用意したとも言えた。紗栄子が乱交に拒絶反応を起こし、本音の部分では拒絶してくれたほうがいいと思いつつも、シナリオに没頭している段階では、そのことばかりが気になっていた。

だが、実際に紗栄子が五人の男の愛撫の餌食《えじき》になっているところを目《ま》の当たりにすると、心は冷えきっていくばかりだった。凍《い》てついてひび割れた。勃起はしていても、こみあげてくる衝動がない。いても立ってもいられなくなるような、女体への渇きを少しも感じない。

「ああっ、いやあああああーっ！」

紗栄子が痛切な悲鳴をあげ、龍平はハッと我に返った。ソファの上で、女体が逆さまにされていく。いわゆる「マンぐり返し」の体勢で、両脚を逆Vの字に押さえこまれた。これ以上ないみじめな格好で、女の恥部という恥部を剝きだしにされ、さすがの紗栄子も、恥辱のあまり清楚な美貌をくしゃくしゃにしている。

カワバタという男は、伊達《だて》にスワッピングパーティの主催者を務めていないらしい。サービス精神にあふれているようで、そんな格好に紗栄子を押さえこんだのも、龍平をはじめとしたギャラリーの眼を意識しているからのようだった。

「ククク ッ、いい格好だよ。みんな注目してるぞ」

卑猥に脂《あぶら》ぎった笑みを浮かべて紗栄子の顔と股間を交互に眺めると、クンニリングスを開始した。じゅるじゅるっ、じゅるじゅるっ、と大胆な音を響かせて、発情のエキスにまみれた女の割れ目を吸いしゃぶっていく。

「ああっ、いやあっ……いやあああああっ……」

紗栄子は激しく身をよじったが、逆さまに押さえこまれていては手も足も出ない。あまつさえ、相手はカワバタひとりではなく、全部で五人もいるのだ。別の男が服を脱ぎはじめた。勃起しきった男根を紗栄子の口許に突きつけ、フェラチオを要求した。

「あああああっ……はぁあああっ……」

逆流する血液のせいで、紗栄子の顔は可哀相《かわいそう》なくらい真っ赤に染まっていた。とても口腔奉仕などできる状態ではないと小刻みに首を振ったが、相手の男は容赦なかった。ハアハアと息をはずませている紗栄子の口唇に、おのが男根をねじりこんでいく。同時に他の男たちも、愛撫に淫らな熱をこめる。

「うんぐうううーっ！」

紗栄子が鼻奥で悶える。まさに揉みくちゃだった。ひとりがクンニ、ひとりがフェラ、あと三人が乳房を揉んだり、太腿に舌を這わせたり、足指をしゃぶったりしているのである。

「ぅんぐっ！　ぐぐぐぐっ……」

紗栄子が鼻奥から切羽つまった悶え声をもらしたので、フェラチオを強要していた男が口唇から男根を引き抜いた。

「いっ、いやっ……イクッ……イッちゃうっ……」

紗栄子の震える声を聞き、五人の男たちは眼を見合わせた。卑猥な笑みが全員の口許にこぼれ、次の瞬間、全員の右手の人差し指が、女の割れ目に集まった。アーモンドピンクの花びらを、薄桃色の粘膜を、包皮を剝ききったクリトリスを、いじりまわした。カワバタの指は、穴に沈んでいた。さらにもう一本、別の男の指が埋まり、別々のリズムで蜜壺を攪拌《かくはん》しはじめた。

「はっ、はぁうううううーっ！」

紗栄子は真っ赤な顔で悲鳴をあげた。逆Vの字に伸ばされた両脚を、ガクガク、ぶるぶる、と震わせた。五人がかりの指の刺激に、腰をくねらせた。マンぐり返しに押さえこまれているから、それが精いっぱいの動きだった。動けないぶん、みるみる体の内側に快楽が溜まっていくのが、見ているだけではっきりわかった。

「ああっ、いやあっ……いやいやいやいやあああーっ！」

真っ赤に染まった清楚な美貌が、くしゃくしゃに歪みきっていく。

「でっ、出るっ！　そんなにしたら出ちゃうううーっ！」

紗栄子の台詞《セリフ》に、五人の男たちの顔は熱くたぎった。割れ目に沈んだ二本の指は、攪拌だけではなく抜き差しを開始した。クリトリスを転がす手つきが、呆れるほどねちっこくなった。花びらをいじっていた指は、なんとアヌスに埋まった。ひいひいとあえぐ口にまで指を突っこまれ、紗栄子は文字通り、体中の穴という穴を犯され抜いた。

「も、もうダメッ……イクッ……イッちゃいますっ……はっ、はぁううううーっ！　はぁおおおおおーっ！」

獣じみた悲鳴とともに、潮吹きが始まった。ピュピュピューッと音さえたてそうな勢いで、絶頂の証があたりに飛び散る。それでも男たちは容赦なく、むしろさらに顔をたぎらせて、紗栄子の股間をいじりまわす。埋めた指先を抜き差しする。

「ああっ、いやあああーっ！　いやああああーっ！」

紗栄子は自分の吹いた潮で裸身がびしょびしょになるまで責め抜かれた。断末魔にも似た悲鳴を放ちつつ、マングり返しに押さえこまれた五体を痙攣《けいれん》させつづけた。

6

やはりこの女は誰が相手でも潮を吹くのだ、と龍平は胸底でつぶやいた。

龍平もまた、目隠しと拘束具を使った責めで、彼女に潮を吹かせたことがある。あのときはまだ童貞で、女に潮を吹かせていることにひどく興奮して、結果ズボンの中で暴発してしまったのだった。

ほんのひと月ほど前のことなのに、もはや懐かしかった。

童貞であったことが懐かしい。

紗栄子が他人の性技で潮を吹いたことにこれほど心が冷えびえとしていくのは、もしかしたら童貞を失ったことが関係あるのかもしれなかった。ただのセックスではなく、メイクラブと呼びたくなるような愛の営みを知ってしまったからこそ、誰が相手でも絶頂に達する紗栄子に白けるのだ。なにも自分が一生懸命シナリオを書き、小道具やシチュエーションを揃え、必死になって悦《よろこ》ばせてやらなくても、彼女は満たされる。その事実が、龍平からすべてのやる気を奪っていく。

「あああっ……あああっ……」

五人がかりでたっぷりと潮を吹かされた紗栄子は、ソファの上で五体をピクピクさせていた。よほど快感が深かったようで、余韻から覚める気配もない。

しかし、休んでいる時間はあまり与えられなかった。潮を吹かせたほうの男たちの興奮も、最高潮に達しているようだった。

「それじゃあそろそろ、本番にかからせてもらうか」

全裸になったカワバタが、隆々とそそり勃った男根にコンドームを装着した。このパーティのルールらしい。生で結合できるのはパートナーだけで、その他の相手にはかならずスキンを使うよう、龍平もあらかじめ言い渡されていた。

「こっちに来るんだ」

カワバタは、ソファの上でうずくまっている紗栄子の腕を引いた。紗栄子はまだ息も絶えだえで、上体を起こされても眼の焦点が合っていなかった。

それでも、このパーティの主催者は容赦なく紗栄子の手を引き、龍平が座っている長椅子の前に連れてきた。絨毯《じゅうたん》の上で、獣のような四つん這いにした。ざんばらに乱れた黒髪をつかんで、顔を龍平に向けた。

「ううう……」

紗栄子の清楚な美貌はオルガスムスの余韻をありありと残し、艶やかなピンク色に上気していた。龍平を見て、いまにも泣きだしそうに眼尻を垂らした。眼の焦点が合っていない様子が、息を呑むほどエロティックだった。いや、焦点が合っていない眼で、すがるように見つめてくるからエロティックなのだ。

「いくぞ……」

紗栄子の尻に腰を寄せたカワバタが、唸《うな》るように言う。龍平を一瞥《いちべつ》してきたが、龍平は無視した。

「むううっ！」

カワバタが腰をひねって前に送りだす。

「んんんんーっ！」

紗栄子は貫かれる衝撃に顔をくしゃくしゃにしながらも、眼を閉じなかった。ぎりぎりまで細めた眼で、龍平を見てきた。あなたの命令でこんなことをしているのよ、と紗栄子の顔には書いてあった。それでも、結合が深まると歓喜をこらえきれなくなる。恨みがましさで曇っていた瞳に、発情の涙が光る。

「はっ、はぁあおおおおおおーっ！」

ずんっ、と突きあげられると、獣じみた咆吼《ほうこう》を放った。まさに発情しきった牝犬《メス》だった。せつなげに眉根《まゆね》を寄せ、恨みがましい眼を龍平に向けながらも、カワバタがピストン運動を開始すると、いやらしい声をこらえきれなくなった。パンパンッ、パンパンッ、と尻をはじかれるほどに、ひいひいと喉を絞ってよがり泣き、恍惚《こうこつ》への階段を一足飛びに駆けあがっていく。

「たまらん……たまらんぞ……」

カワバタは髪を乱れさせ、真っ赤な顔で唸った。

「なんて締まりだ……チンポが食いちぎられてしまいそうだ……」

紗栄子の腰を両手でつかみ、むさぼるような連打を放つ。とても五十代とは思えない溌《はつ》剌《らつ》さで、三十一歳の尻をはじく。

しかし、当たり前だが彼は性欲のあり余っている十九歳とはわけが違った。真っ赤な顔で唸るほど興奮しつつも、放出に向けて暴走したりはしなかった。年相応の老獪《ろうかい》さと、スワッピングパーティを主催するほどの好事家の本性を、徐々に露わにしはじめた。

「ああっ、いやあああーっ！　そんなにしたらっ……そんなにしたらっ……」

紗栄子の声が切羽つまり、絨毯を指で掻き毟りだすと、ピストン運動のピッチをスローダウンさせた。腰をまわして間をとり、意地悪く焦《じ》らした。潮吹きで女体に火をつけておきながら、オルガスムスを与えない。怒濤《どとう》の連打で高めるだけ高めておいて、絶頂に達する寸前ですうっと腰を引いていく。

「はぁあああっ……いやああああっ……」

絶頂を逃すたびに、紗栄子は悲鳴をあげるために閉じることのできなくなった唇から、ツツーッと涎《よだれ》を垂らした。四つん這いの肢体をわなわなと震わせて、恍惚をむさぼれないやるせなさに身悶えた。

「まったくいいオマンコだ。焦らせば焦らすほど、吸いついてくる」

余裕綽々《よゆうしゃくしゃく》でつぶやきながらも、カワバタがなにを目論《もくろ》んでいるのかは、誰の眼にもあきらかだった。

オルガスムスをねだらせたいのだ。ご主人様たる龍平の前で、イカせてくださいと絶叫させたいのである。

「ああっ、ダメえええっ……ダメええええっ……」

紗栄子が四つん這いの肢体をしきりにくねらせる姿は、やがて見るに耐えないほどあさましくなっていった。元より人前で犯されているのに、それを羞じらうことすら許されない境地で宙吊りにされ、あえぎにあえがされる。絶頂欲しさに全身を生々しいピンク色に染めあげ、焦らされる苦悶に脂汗にまみれながら、最後に残った人間性まで、ペロリ、ペロリ、と剝《は》がされていく。

「……も、もう許して」

やがて紗栄子は、涙に潤んだ声を絞った。

「もうっ……もう許してくださいっ……お願いっ……」

「なにを許してほしいんだね？」

カワバタは勝ち誇った顔で言いながら、ぐりんっ、ぐりんっ、と腰をまわす。発情のエキスを漏らしすぎた蜜壺が、ずちゅっ、ぐちゅっ、と粘っこい音をたてる。

「焦らすのはっ……焦らすのは、もう許してえっ……」

「そんな言い方じゃわからんねえ」

カワバタが腰のグラインドをとめ、ペニスを抜いていくと、

「抜かないでっ！」

紗栄子は絶叫し、小刻みに声を震わせた。

「抜かないでくださいっ……ああっ、お願いっ……」

「抜かないでどうしてほしいんだね？」

「……っ、突いて」

紗栄子の声は蚊が鳴くようなものだったが、部屋中の人間が固唾《かたず》を呑んで聞き耳をたてていたので、異様に大きく聞こえた。

「どこを突くのかな？」

カワバタは焦らし攻撃は悪魔のように執拗《しつよう》だった。

「カマトトぶってないではっきり言ったらどうだ」

言いながら、さらにペニスを抜いていく。結合部を見なくても、もはや首の皮一枚しか残っていないことがはっきりとわかる。

「あああっ……あああああっ……」

紗栄子は顔をくしゃくしゃに歪めて、龍平を見た。細めた眼から大粒の涙がこぼれ、双頬を盛大に濡らしていた。哀しみの涙ではなく、発情の涙だった。発情しすぎて、号泣しているのだ。

あるいは懺悔《ざんげ》の涙も含まれているのかもしれない。

くしゃくしゃに歪んだ清楚な美貌が、次の瞬間、恥にまみれた。

「オッ、オマンコッ……」

紗栄子がもらした言葉に、まわりがいっせいに失笑した。

「オマンコ、突いてくださいっ……ああっ、めちゃくちゃに突いてっ……お願いっ……お願いだから、もうイカせてええええーっ！」

声は尻上がりに甲高くなり、最後のほうはほとんど絶叫になっていた。

「クククッ……」

カワバタは淫靡な笑いをもらし、腰を前に送った。両手でつかんだ紗栄子の腰を引き寄せるようにして、ずんっ、と思いきり突きあげた。

「はぁおおおおおおーっ！」

いまにも泣きだしそうだった紗栄子の顔が、淫らに蕩《とろ》けた。最後のプライドを捨てたかわりに与えられた報酬は、息つく間もない連打だった。

「ああっ、いいっ！　突いてっ！　もっと突いてえええっ！　イカせてくださいっ！　もうイカせてくださいいいいいーっ！」

激しくよがりながら、四つん這いの肢体を必死によじる。豊満な胸のふくらみを揺らし、尻を左右に振りたてる。

肉と肉との摩擦感を少しでもあげようと躍起になっているその姿が、龍平の凍てついた心を溶かした。にわかに胸が熱く焦《こ》げ、じっとしていることができなくなった。長椅子から身を乗りだすと、紗栄子の黒髪をつかんで、いやらしく蕩けた顔をあげさせた。

「我慢するんだ」

震える声を低く絞った。

「僕の奴隷なら、僕以外のチンポでイクんじゃない。イクのを耐えるんだ」

「そ、そんな……」

紗栄子が深々と眉間《みけん》に縦皺《たてじわ》を寄せる。

「許さないぞ。イッたら絶対に許さない」

「でもっ……でもおおおおっ……」

四つん這いになった紗栄子の体はすでにガクガクと震えはじめており、いまにもイッてしまいそうだった。必死になって唇を噛みしめようとするが、ハアハアと息があがって口を閉じることさえできない。

そんなふたりのやりとりを、いちばん楽しんでいたのは、おそらくカワバタだった。

「我慢できるのか？　耐えられるのか？」

からかうように言いながら、渾身《こんしん》のストロークを紗栄子に送りこむ。パンパンッ、パンパンッ、と尻をはじき、奥の奥まで犯し抜いていく。口許に余裕の笑みを浮かべつつも、眼つきはまるで鬼のようだ。

やがて、ただ犯しているだけでは満足できなくなったらしい。腰を使いながら、スパーンッ、スパーンッ、と尻を平手打ちで叩きだした。

「はぁあああああーっ！」

紗栄子の焦点を失った眼が、大きく見開かれる。

「どうだ？　たまらんだろう？　ピストンされながら尻を叩かれるのは。叩くたびにオマンコがぎゅうぎゅう締まるぞ」

カワバタは真っ赤に茹だった鬼の形相で、さらに紗栄子を追いこんでいく。スパーンッ、スパーンッ、と尻を叩きながらぐいぐいと抜き差しし、アヌスに指まで入れていく。

「いっ、いやあああああーっ！」

紗栄子はちぎれんばかりに首を振り、長い黒髪を振り乱した。髪をつかんでいた龍平の手を振り払う勢いで、阿鼻叫喚《あびきようかん》の悲鳴をあげた。

「も、もうダメッ……イッちゃうっ……イッちゃいますっ……イクイクイクッ……紗栄子、イッちゃいますうううーっ！」

滑稽なほどの早口で言うや否や、四つん這いの肢体を、ビクンッ、ビクンッ、と跳ねさせた。降り注ぐ視線を遮るように深く眼をつぶり、恍惚の彼方へゆき果てていった。

龍平は天を仰いだ。

7

紗栄子は五人の男たちに、次々と犯されていった。

獣のようなバックスタイルで、あるいはみずから腰を振ることを強制される騎乗位で、結合しては絶頂し、絶頂しては男を射精に導いた。

ふたりがかりで上の口と下の口を同時に塞《ふさ》がれることもあったし、カワバタにされたようにバックで責められながら尻の穴に指を突っこまれることもあった。

男たちはいずれ劣らぬ好色漢で、女をオルガスムスに導くことに対して、異常なまでの執念を見せた。紗栄子の口から「イク」という言葉を聞くまで射精をこらえ、「もう許して」と泣きが入ってはじめて、みずからの欲望を爆発させた。

呆然自失の状態で見守る龍平をよそに、紗栄子もまた貪欲だった。

男が射精に至るたびに、精根尽き果てたようになるのに、次の男に貫かれると、再びオルガスムスを求めて疾走しはじめる。発情の汗は乾くことなく三十一歳のボディを濡れ光らせ、絶頂に達すれば達するほど、放つ色香が濃厚になっていく。

「むうっ！　むうっ！」

五人目の男は紗栄子を正常位で貫いていた。絨毯の上だ。紗栄子の両膝をつかんで、M

字開脚に押さえこみながら、ぐいぐいと腰を使っている。

別の男に、紗栄子の両手をバンザイさせた状態で押さえさせていた。レイプ願望でもあるのかもしれない。絨毯に磔《はりつけ》のようにされた女体がくねるのをむさぼり眺めながら、勃起しきった男根で深々と貫いていく。

「あああっ……はぁあああああーっ！」

紗栄子の声が感極まっていくと、

「またイクのか？」

男たちは眼を見合わせて笑った。

「もう十回はイッてるんじゃないのか？　色ボケになっても知らんからな」

失笑まじりで言いつつも、男の腰使いには熱がこもっていく。紗栄子をイカせるのが嬉しくてしようがないといった風情で、怒濤の連打を送りこむ。

「ああっ、いやああっ……またイッちゃう……イッちゃいそうっ……」

紗栄子は背中を弓なりに反《そ》らせて、汗に濡れ光る双乳をタプタプと揺すりはじめた。

もうやめてくれ、と龍平は胸底でつぶやいた。

紗栄子がオルガスムスに達した回数は正確には八回で、このまま達すれば九回目の絶頂ということになる。そのたびに龍平は胸が引き裂かれそうな気分を味わっていた。こんなシナリオを用意したことを後悔せずにはいられなかった。

「むううっ、締まってきたぞ……」

男が真っ赤な顔で唸り、裸身を震わせはじめた。

「が、我慢できんっ……出すぞっ……出すぞっ……」

「くぅううっ……くぅうううっ……」

フィニッシュの連打を浴びて、紗栄子が身をよじる。両手両脚を押さえられながら、したたかに腰をくねらせる。

「おうおうっ……出すぞっ出すぞっ……おおおおうっ！」

野太い雄叫《おたけ》びとともに最後の一撃が打ちこまれ、

「はぁあああああーっ！」

紗栄子は甲高い悲鳴をあげた。男が射精の発作で身をよじるたびに、それ以上に五体をよじって、九度目のオルガスムスを嚙みしめた。

「……ようやく終わったか」

カワバタが龍平に近づいてきて言った。

「ほんの余興のつもりの輪姦ショーが、けっこうな大仕事になっちまったな。彼女の抱き心地が、予想以上によかったからだろう」

紗栄子が服を脱いでから、ゆうに三時間は経っていた。その間、責められっぱなしだった紗栄子は結合をとかれても起きあがることができず、絨毯に横たわって放心状態になっていた。

最初は、五人がかりで犯される三十一歳の人妻を全員で取り巻いて見ていたが、ひとり果て、ふたり果てるうち、輪は崩れていった。荒淫を終えた男がシャンパンやビールで喉を潤し、女たちはそんな男に身を寄せて二回戦を早く始めてくれるように媚びを売っている。

「まあ、パーティは朝まで続くから、ゆっくりしていってくれたまえ。礼儀さえわきまえてくれれば、どの女を抱いてもかまわないから。ククッ、彼女はベッドルームで寝かしたほうがいいだろうがね」

「いいえ」

龍平は首を横に振り、服を脱ぎはじめた。

「ショーはまだ終わってませんよ」

「おいおい、まだ彼女を犯すのかい？　勘弁してやれよ。もう完全にグロッキー状態じゃないか」

カワバタの後ろにいる男女も、全裸になった龍平を見て苦笑した。激しくイキまくりつづけた紗栄子のエネルギーに全員があてられ、いささかうんざりしているようでもあった。誰もがここで一区切りつけ、パーティの空気を変えたがっていた。龍平が紗栄子とまぐわいだせば、いままでのムードが延長されてしまう。

しかし、そんなことは知ったことではなかった。

龍平は全裸になると、絨毯の上で倒れている紗栄子に近づいた。股間のペニスは、はちきれんばかりにみなぎって、臍《へそ》にぴったりと張りつくほど反り返っている。

紗栄子を犯したかった。

先ほどまでは、誰を相手にしてもオルガスムスに達してしまう彼女に落胆していた。他の男に抱かれてイキまくれるなら、べつに自分が頑張らなくてもいいではないかという、無力感を噛みしめていた。

だが、いまは違う。

龍平はようやく理解したのだ。

彼女が満員電車で痴漢の魔手に襲われたとき、衝動的にローターのスイッチを入れてしまった理由を理解した。

痴漢に負けたくなかったのだ。

電車の中で女の尻を撫でまわす卑劣な男たちの後塵《こうじん》を拝することが、どうしても我慢できなかった。痴漢よりもずっと、紗栄子を感じさせられる男になりたかった。いっそのこと、電車の中でひいひいと声をあげさせてもいいとすら思った。

紗栄子はリアルな存在だった。

愛だの恋だのより、道徳より倫理より、肉欲に優先順位を置いて生きている。もちろん、結婚という制度だって軽々と乗り越えている。そのことの是非はともかく、相手を好きであろうがなかろうが、性感帯をまさぐられれば感じてしまうことがあるという、身も蓋《ふた》もない真実を教えてくれた。

愛のあるセックスは気持ちがいいが、愛のないセックスもまた、気持ちがいいらしい。それを実感したかった。カワバタや紗栄子を見ていると、セックスのほうが愛よりも深い陶酔の境地に到達できるような気がしてならない。

「まだできるだろうな」

龍平は、あお向けに横たわっている紗栄子の鼻先で、勃起しきったペニスを揺らした。五人の男に犯し抜かれた女体は、淫らな汗をかきすぎて、まるで生まれたばかりの新生児のように濡れ光っていた。

「ううう っ……」

紗栄子が薄く眼を開く。熱でもあるかのようにぼうっとした顔で、ハアハアと息をはずませている。眼の焦点が合わずに、放心しきっている。

それでも、唇を開いてペニスの先端を咥《くわ》えた。わななく舌で舐めてきた。感動的な光景だった。龍平はペニスが芯《しん》から硬くなっていくのを感じた。先行する五人の男たちを凌《しの》いで、自分がいちばんの快感を与えてやるのだと奮《ふる》い立った。

ペニスを口唇から引き抜き、紗栄子の両脚の間に腰をすべりこませた。

紗栄子はやはり眼の焦点を失ったまま、呆然と見上げてきた。しかし、それも束の間の話だ。ペニスを挿入すれば生気が戻る。いままでいちばんの快感に、眼が覚める。

自信はあった。熟成された性技を誇る中高年の男たちを向こうにまわしても、勝算があった。いささか反則気味だが、龍平にはコンドームを着ける義務がない。鋼鉄のように硬くなった十九歳のペニスを、生で挿入できるのだ。

「はっ、はぁあうううーっ」

荒淫で爛《ただ》れた部分を貫くと、紗栄子はカッと眼を見開いた。やはり生気が戻った。さすが紗栄子だ。

龍平はむりむりと肉ひだを掻き分け、奥に入っていった。紗栄子の中は熱かった。煮えたぎるような熱気の中で、肉ひだが蛭《ひる》のようにうごめいていた。

「むううっ……むむっ……」

熱気はすぐにペニスを通じて龍平の五体に及び、顔が熱くなっていった。

ずんっ、と最奥まで突きあげると、

「ああああーっ！」

紗栄子は白い喉を見せてのけぞった。だがすぐに、両手を伸ばして龍平の腕にしがみついてきた。龍平は上体を被《かぶ》せて、淫らな汗にまみれた紗栄子を抱きしめた。熱く火照《ほて》りきった体を、骨が軋《きし》むほど抱きしめ、それからゆっくりと腰を使いはじめた。

「いっ、いやっ……」

紗栄子の頬がひきつったのは、性器の摩擦感がいままでと違うからだろう。ペニスはゴムを装着していない剝き身であり、みなぎり方は十九歳の若さを誇っている。

「あああっ……はぁあああっ……」

ぬちゅっ、ぬちゅっ、とゆっくりと出し入れしているだけで、紗栄子は早くも身をよじりだした。

「さっきはよくも恥をかかせてくれたな」

龍平は腰を使いながら紗栄子を睨めつけた。

「我慢しろと言ってるのに、人の前でイキまくりやがって。しかも、自分から恥ずかしい言葉遣いでおねだりして……」

「ああっ、許してください……」

紗栄子はいまにも泣きだしそうな顔を左右に振った。

「いやらしい……いやらしい奴隷でごめんなさい……」

「許せない」

龍平は腰を使いながら乳房をつかみ、揉みしだいた。

「あああっ！」

「絶対に許せないからな」

「うんんんっ！」

龍平は紗栄子の唇を奪い、したたかに舌を吸いあげた。そうしつつ、抜き差しのピッチをあげていった。みなぎりを増していくばかりの肉棒で、煮えたぎる肉ひだの層をずぶずぶと穿つ。

「うんぐ！　ぐぐぐっ……」

口を塞がれた紗栄子は鼻奥で悶え、清楚な美貌をみるみる真っ赤に染めあげていった。

龍平の顔も熱く燃えている。それでも舌を吸うのをやめず、ピストン運動をフルピッチまで高めていく。パンパンッ、パンパンッ、と肉をはじく。子宮に亀頭があたるほど深く突いては腰をグラインドし、爛れた肉ひだを攪拌してやる。

たまらなかった。

五人の男に犯された紗栄子の蜜壷は、ガバガバになるどころか痛烈な食い締めでペニスから男の精を吸いとろうとしている。

奈美とまぐわっているときと同じような一体感が訪れ、龍平の体は小刻みに震えだした。いや、奈美とのときを超えるかもしれない。

ただの一体感ではなく、紗栄子を支配している実感がたしかにあった。紗栄子の食い締めに負けないよう、ペニスが鋼鉄のように硬くなって濡れた肉ひだを貫く。貫けば貫くほど、紗栄子の反応はよくなっていく。健気なまでに乱れて、ペニスを芯から硬くみなぎらせる。

「むううっ！」

龍平は唸った。恐ろしいほどの万能感が、恍惚を引き寄せた。眼も眩《くら》むような高波が、音をたてて迫ってくる。

「んああっ！　いやぁあああああああっ……」

紗栄子が強引にキスをとき、腕の中で暴れだした。

「おかしくなるっ……こんなの初めてっ……こんなの初めてえええええっ……」

「むうっ！　むうっ！」

龍平は鼻息を荒げて、むさぼるように腰を使った。頭の中は真っ白だった。ただ息をとめて腰を振りたてることしかできない。一ミリでも深く奥に入ろうと突きあげ、けれどもいくら突きあげてももっと奥まで入れそうな気がする。肉の凶器と化したペニスで、紗栄子を串刺しにするイメージが脳裏をよぎる。

「ああああーっ！　イッ、イクッ……イッちゃううううっ……」

腕の中で紗栄子がのけぞっていく。腰を押しつけ、揺さぶってくる。オルガスムスの前兆のせいで、蜜壺がにわかに締まりを増す。

「おおおおっ……」

龍平はだらしない声をもらし、抱擁を強めた。腕の中でのけぞっている女体に、渾身の連打を放った。ペニスの芯が熱く疼いた。耐え難い勢いで、すさまじい射精欲がこみあげてきた。

「もう出るっ！　出るっ！　おおおおおおーっ！」

雄叫びをあげて、最後の一撃を打ちこんだ。煮えたぎる欲望のエキスが、ドピュッと音をたてそうな勢いで尿道を駆けくだり、紗栄子の中に注ぎこまれていく。

「ああっ、いやっ！　またイクッ！　イッちゃううううーっ！」

発作に暴れるペニスの動きが、紗栄子をゆき果てさせた。ビクンッ、ビクンッ、と跳ねあがる女体を抱きしめて、龍平は長々と射精を続けた。吐きだすたびに、魂までが抜けていくような恍惚を覚えた。

「おおおおっ……おおおおおおっ……」

「はぁあああっ……はぁああああああっ……」

喜悦に歪んだ声を重ね、身をよじりあいながら、性器と性器をこすりつけあった。愛など入りこむ隙がないほど、ふたりは一体化していた。まるでひとつの生き物になってしまったようなまぼろしに、龍平は酔った。眼も眩むような心地よさを嚙みしめながら、恍惚の海に溺れていった。

エピローグ

「申し訳なかった、勘弁してくれ！」

フリーダムの部室で、龍平は土下座していた。

「新歓キャンプのときは、呑みすぎて羽目をはずしすぎた。言い訳はしないし、どんな処分でも受ける。みんなが辞めろというなら辞めるけど、とにかくいまは詫《わ》びたい一心だ。申し訳なかった」

顔をあげると、全員の視線が突き刺さった。三年の香川たちは哀れむような眼つきでやれやれと溜息をつき、二年の同期たちは苦虫を嚙《か》み潰《つぶ》したような顔をしている。新入生の女子たちは、誰も彼もひどく気まずげだった。

自分たちも一緒に騒いでいたのだから一緒に謝りますと言ってくれたのだが、龍平はひとりで土下座した。たしかに一緒に騒いでいたが、右も左もわからない一年と、幹事の大任についていた龍平では、責任の度合いが違うからである。

「……まあ、いいんじゃないか」

重苦しい沈黙を破ったのは、香川だった。

「本人も深く反省して潔《いさぎよ》く謝ったことだし、辞めるとか辞めないの話にしなくても。うちのサークル活動には酒がつきものだから、酒の失敗でいちいち人がいなくなってたら、誰もいなくなっちゃうよ。どう思う？」

香川が二年に話を振ったので、次期部長候補の高沢が代表して答えた。

「いやあ、正直驚きましたよ。なあ、手島。俺はてっきり、おまえがあのまま、サークルに顔を出さないようになっちゃうと思ってたよ」

二年の一同がうなずく。

「しかし、そうやって土下座までするなら……まあ、笑顔で水に流すってわけにはいかないけど、挽回のチャンスがあってもいいと思う。また楽しくやっていこう」

高沢の大人の意見に半畳《はんじょう》を入れるものはいなかった。

「本当にすまなかった。恩情の言葉、感謝するよ」

龍平はもう一度頭をさげてから、膝の埃《ほこり》を払って立ちあがった。そのまま部室を出ていった。目頭が熱くなってしまい、部室にいたら、みっともない姿を見せてしまいそうだったからである。

キャンパスをひとり歩いた。

奈美が追いかけてきた。

龍平はあわてて眼尻に浮かんだ涙を拭い、洟《はなみず》をすすった。

「……どうしたの？」

奈美はポカンとした顔をしていた。

「いきなり土下座して謝るなんて、キャラじゃないじゃない？　わたしも高沢くんと一緒で、あのままフェードアウトすると思ってた」

「悪いことをしたんだから、謝るのは当然だよ」

龍平は言った。

「守川にも謝らなくちゃな。俺、ホントどうかしてたよ。自分が悪いくせに、訳のわからないことといって喧嘩ふっかけて……あのときは本当にすまなかった」

深々と腰を折って頭をさげた。できれば彼女にも土下座して謝るべきだったが、キャンパスの中なのでやめておいた。

「そう……」

奈美はひきつった苦笑を浮かべ、しきりに首をかしげている。弱ったなあ、という心の声が聞こえてきそうだった。おそらく、別れる腹を決めていたのだろう。

だが、龍平は別れとは反対のことを考えていた。みんなの前で土下座したのも、煎《せん》じつめれば奈美と別れたくない一心からだった。

「なあ、守川。高沢の台詞《セリフ》をパクるわけじゃないけど、水に流してくれとは言わない。でも、挽回のチャンスをくれないか？　このまま終わりにしたくないよ」

自分の過失を認め、反省しているのは嘘ではなかった。

すべての原因はジェラシーだ。

モテる彼女をもったばかりに、過去の男のことを気にしすぎていた。

しかし、紗栄子とのプレイを通じて、身に染みて実感した。

そんなことを気にしたところで意味がないことを。

紗栄子は龍平の前で五人の男に犯し抜かれたけれど、犯されてなお美しかった。犯されてむしろ、色香を増した。

問われるべきは、過去に何人の男と寝たかどうかではなく、元カレとどんなセックスをしていたのか詮索することでもなく、相手を最高に気持ちよく高めることなのだ。下世話に言えば「こんなの初めて」と言わせることなのだ。そうやって過去の男を凌駕《りようが》することではじめて、男と女はひとつになる。セックスはかくも奥深きものであり、童貞を捨てただけで浮かれていた自分が情けない。

「ホントにもう、いったいどういう心境の変化なわけ？」

奈美は腕組みをして、まだ首をかしげている。

「手島くんから、そんな殊勝なこと言われるなんて、夢でも見てるみたい」

「守川のこと、愛してるってことだよ」

龍平は照れずに言えた自分を褒めてやりたかった。またひとつ大人の階段を昇った気になったが、さすがに少し恥ずかしくなり、

「コーヒーでも飲もう。奢《おご》るから」

奈美をうながして歩きだした。

学食に向かう途中、ポケットの中で携帯電話がヴァイブした。

紗栄子からの定期便、であるはずがなかった。

あの錯乱にも似たパーティの数日後、紗栄子からメールが届いた。

いつものように次の逢瀬を急かす内容かと思ったが、そうではなかった。

【わたしの好きな芸術家の言葉に、こんなものがあります……】

メールはそう始まっていた。

【Protect me from what I want……わたしの欲望からわたしを守ってください、という意味です。わたしはわたしの欲望の大きさが、いよいよ空恐ろしくなってしまいました。スワッピングパーティで輪姦じみた犯され方をして、感じてしまっている自分が怖い。最後にご主人様に抱かれているときは、まるで背中に欲望の翼を生やして大空を飛んでいるような、そんな気分でした。みんなの前で性器を繋げあって、女としての恥という恥をさらしているのに、まったくおかしなことです。満足感も達成感もいつもとは桁違《けたちが》いでし

た。でも、というか、だから、といったほうがいいのか、このへんでやめておこうと思います。ご主人様には、二度とメールはしません。きっとご主人様は、だらしのない奴隷であるとお怒りになられることでしょう。でも許してください。このまま、欲望のままに突っ走ることが怖くなってしまいました】

調べてみると、紗栄子が好きだという芸術家は、アメリカの現代美術家でジェニー・ホルツァーという女の人だった。言葉をヴィジュアルアートとして操る作風をもち、紗栄子が引用した言葉は、電光掲示板やポスターによって街中に流布《るふ》されたという。

【わたしの欲望からわたしを守ってください】

たしかに、紗栄子にこそ必要な言葉なのかもしれなかった。

次から次に男根を咥えこまされ、絶頂しつづける彼女は美しかったが、それ以上に儚《はかな》い存在であったと、いまならわかる。怖がるのが当たり前だ。彼女があのとき燃え盛らせていた欲情の炎を放っておけば、彼女自身を跡形もなく焼き尽くす業火にだってなってしまうかもしれない。

しかし……。

彼女の本性を知っている龍平には、このまま関係がフェードアウトしてしまうとは、どうしても思えなかった。いくら恐怖を感じ、立ちどまってみても、欲望からは逃れられない。一度生まれた欲望は、決して消えてなくならない。その人が生きている限り、どこまでも生きつづける。それがわかっているからこそ、ジェニー・ホルツァーという芸術家も、現代社会にかくなる言葉を投げつけたのではないのだろうか。

【わたしの欲望からわたしを守ってください】

龍平は、キャンパスを歩いていく奈美の後ろ姿を眼で追った。ミニスカートの中で悩ましく揺れはずむヒップが、紗栄子とはまったく違う若々しさを感じさせる。

龍平が土下座までしてフリーダムに残り、プライドを捨てて奈美との関係を繋ぎとめたのは、彼女の体に未練があったからだ。

もっと抱きたかった。ただ抱くだけではなく、たとえば目隠しをしてみたかった。目隠しをして手脚を拘束し、奈美の中に眠っている性感を、果物の薄皮を剝くようにひとつずつ覚醒させてやりたかった。

別れ話にまで発展しそうだった新宿のラブホテルで生まれた欲望が、いまだ龍平の中ではくすぶっていた。クンニリングスすら嫌悪する奈美に、紗栄子と同じことをしたらどうなるのか、試してみたくてしようがなかった。

「ねえ、どうしたの？　コーヒー奢ってくれるんじゃなかったの？」

奈美が学食の前で振り返り、声をあげた。おぞましい欲望に苛《さいな》まれ、龍平はいつの間にかキャンパスの中央で立ちどまっていた。

「ああ、いま行く……」

龍平は頭を振り、脳裏に浮かんだ邪念を払った。紗栄子から教わった芸術家の言葉を胸の中で反芻《はんすう》しながら、奈美に向かって駆けだした。

目隠しの夜

一〇〇字書評

切り取り線

購買動機（新聞、雑誌名を記入するか、あるいは○をつけてください）

□（　　　　　　　　　　）の広告を見て	
□（　　　　　　　　　　）の書評を見て	
□ 知人のすすめで	□ タイトルに惹かれて
□ カバーが良かったから	□ 内容が面白そうだから
□ 好きな作家だから	□ 好きな分野の本だから

・最近、最も感銘を受けた作品名をお書き下さい

・あなたのお好きな作家名をお書き下さい

・その他、ご要望がありましたらお書き下さい

住所	〒				
氏名		職業		年齢	
Eメール	※携帯には配信できません	新刊情報等のメール配信を 希望する・しない			

この本の感想を、編集部までお寄せいただけたらありがたく存じます。今後の企画の参考にさせていただきます。Eメールでも結構です。

いただいた「一〇〇字書評」は、新聞・雑誌等に紹介させていただくことがあります。その場合はお礼として特製図書カードを差し上げます。

前ページの原稿用紙に書評をお書きの上、切り取り、左記までお送り下さい。宛先の住所は不要です。

なお、ご記入いただいたお名前、ご住所等は、書評紹介の事前了解、謝礼のお届けのためだけに利用し、そのほかの目的のために利用することはありません。

〒一〇一－八七〇一
祥伝社文庫編集長　坂口芳和
電話　〇三（三二六五）二〇八〇

祥伝社ホームページの「ブックレビュー」からも、書き込めます。

http://www.shodensha.co.jp/bookreview/

祥伝社文庫

目隠《めかく》しの夜《よる》

平成24年 3 月20日　初版第1刷発行

著　者　草凪優《くさなぎゆう》

発行者　竹内和芳

発行所　祥伝社《しょうでんしゃ》
東京都千代田区神田神保町 3-3
〒101-8701
電話　03（3265）2081（販売部）
電話　03（3265）2080（編集部）
電話　03（3265）3622（業務部）
http://www.shodensha.co.jp/

印刷所　萩原印刷
製本所　関川製本
カバーフォーマットデザイン　芥　陽子

本書の無断複写は著作権法上での例外を除き禁じられています。また、代行業者など購入者以外の第三者による電子データ化及び電子書籍化は、たとえ個人や家庭内での利用でも著作権法違反です。
造本には十分注意しておりますが、万一、落丁・乱丁などの不良品がありましたら、「業務部」あてにお送り下さい。送料小社負担にてお取り替えいたします。ただし、古書店で購入されたものについてはお取り替え出来ません。

Printed in Japan ©2012, Yū Kusanagi ISBN978-4-396-33745-2 C0193

祥伝社文庫　今月の新刊

柴田哲孝　早春の化石　私立探偵　神山健介

事件を呼ぶ男、登場。極上の、ハードボイルド・ミステリー。

岡崎大五　汚名　裏原《ウラハラ》宿署特命捜査室

孤立させられた女刑事コンビが不気味な誘拐事件に挑む！

宇佐美まこと　入《い》らずの森

ホラーの俊英が、ミステリ満載で贈るダーク・ファンタジー。

藍川　京　蜜ざんまい

女詐欺師VS.熟年便利屋、本気で惚れたほうが負け！

草凪　優　目隠しの夜

平凡な大学生が覗き見た人妻の、罪深き秘密……

野口　卓　猫の椀

江戸を生きる人々を背景に綴る、美しくも儚い、命と絆の物語。

睦月影郎　熟《う》れはだ開帳

下級武士の五男坊、生の女体を拝むべく、剣術修行で江戸へ!?

本間之英　まいご櫛《ぐし》

身を削り、命を掛ける人助け。型破りな男の熱き探索行！

南　英男　毒蜜　異常殺人　新装版

ピカレスクの決定版！　恋人を拉致された始末屋の運命は……。